三日月

輕世代
FW094
青燈
伍
日京川 著
kiDChan 繪

青燈

日京川 著
kiDChan 繪

青燈・楔子

「這世間，其實並沒有所謂的彎路。」

一邊嗖嗖地切著菜，爺爺一邊看著坐在小凳子上努力剝豆子的我這麼說道：「有時候會聽到別人說你白費工夫說你繞了一大圈，走了一堆的彎彎繞繞之後最後才踏上正途……可又有誰知道什麼才是自己的正途呢？」

「爺爺是在說外面正在施工的大馬路嗎？」為了中午的美食，我擰著眉努力剝豆子，對爺爺剛才說的話很是一知半解。

「跟那條倒楣被挖了一堆坑的路沒關係，爺爺說的是人生的路。」手上的菜刀不停，一排排整齊勻稱的菜絲飛快地自刀下產出。

「小慈啊，你要記著，無論以後的你遇到了什麼，那些經歷都不會是白費的。無論你決定要往哪個方向走，你抬起的每個步伐也都將是值得留存的珍寶。你有很多時間，以後還會有更多的時間，所以，不用怕。」

爺爺的目光有些放遠，脫離了手中切菜的範圍。這讓我有些擔心的停下手中剝豆子的動作，隨時準備去拿急救箱，免得等下爺爺切到手的時候來不及照護。

而事實證明這區區的走神對爺爺來說根本不算什麼，作為一個號稱自己就算閉著眼睛也能完成白蘿蔔雕花的刀工達人，爺爺表示他即使在夢遊狀態下也能把小黃瓜雕成一艘船。當年的我畢竟還很幼小，對於爺爺的這番宣言不但毫無懷疑，還忍不住崇拜起來。

多年以後長大的現在，雖然那些崇拜依舊在，不過我還是知道了這種誇大的說辭純粹是爺爺在唬爛，什麼閉眼雕花夢遊雕船的，他要真的敢閉上眼睛這麼幹的話，大概只會在手上噴出一串血花來。

認知到這一點後，我好好地感慨了一番，可惜啊，那個單純地覺得爺爺好棒棒的日子已經回不去了……

不過這些都是後話。

當時小小的我似懂非懂的聽著爺爺的長篇大論，看著他俐落地將切好的菜絲、蘿蔔絲還有什麼絲的掃進一個個備用的碗碟裡。我在確定爺爺真的不會切到手後，繼續了我的剝豆大業。

「可是馬麻說，路要是彎太多，會很浪費，」就像外頭那些施工一樣，要不是當初搞得歪七扭八，現在也不用浪費時間浪費錢的去重弄，「所以，一開始就走對的話不是比較好嗎？」

聽到我這樣的說詞，爺爺樂呵呵地笑了笑，手邊開始處理肉類。

「什麼是好，什麼又是壞呢？一切不過是旁人的觀點罷了，真要說的話，路就是路而已。」

換好砧板也換了把刀，爺爺繼續嘮嘮嘮，「遠路有遠路的好處，近路也有近路的優點，不管怎麼走，都值得被好好記住。要知道，沒有什麼記憶是應該被忘記的，那是『你之所以能成為你』的基本。」

「人，是由各式各樣的經歷造就而成的，沒有一個人會跟你擁有完全相同的過去跟體會，所以每個人都是獨一無二的，成就這些的就是腳下所踏出的每一步，還有背後那些各式各樣的記憶，這就是人的一部分。」

「唯有親身經歷的那才是屬於自己的，從別人口中得到的那叫經驗，怎麼也不會比實際走過一遭來得真切，所以即便是一段痛苦的過往，也有被記住的價值。」

「就像爺爺昨天偷吃了我的糖葫蘆一樣，也有被記住的價值？」

………

……

「……咳，這個可以忘。」爺爺不自在的乾咳了一下。

「可爺爺剛剛才說過，沒有什麼是應該被忘記的。」難道這話還有雙重標準？我斜眼睨了過去。

「唉唷~小慈親啊，爺爺這不是正在做好吃的給你賠罪嗎？昨兒個的事就別再提了嘛。」將切好的肉放好，爺爺陪著笑臉洗了把手，到爐子旁看了看早早就煮得咕嚕咕嚕滾的鍋子，打開蓋子，一股讓人食指大動的肉香就飄了出來，「你聞聞，多香啊~」

「可是你把兩支都吃掉了。」嘟嘴，小孩子是很記仇的，香歸香，糖葫蘆的事還是不能忘，所以，「小慈會謹記爺爺的教誨，好好地記住的。」

「咳咳咳。」什麼叫搬了石頭砸自己的腳？這就是了，「罷罷，就好好記住吧，趁著爺爺還在的時候多記點，以後才能多點回味，也算是好事一樁。」

當年的我愣了愣，「爺爺不是一直都在嗎？」

「一直啊……」爺爺拿起了炒鍋，點火、加熱，倒了些許的油之後開始爆香，「小慈，不管是什麼路，都會有盡頭的。在走到那一步之前，小慈啊，你要盡量多走一點、多看一點，把路上遇到的風景都好好地留在心底才好。」

「爺爺已經走得太久了，馬上就要到休息的時候了，」帶著皺紋的臉上有些不捨，不過很快就隱藏了起來，爺爺微笑的看了我一眼，「你，會比爺爺走得更遠的。」

像是期許又像是鼓勵的話，我那時候還不知道這是什麼意思，只是努力的把這段話囫圇吞棗地塞進腦子裡。爺爺說了，不懂的話就先記著，等長大之後就會懂了，所以我很用心將這些話統統記下來，好讓長大以後的我去慢慢弄懂。

我很快就將手上的豆子剝完，捧著小盆來到爺爺身邊，踩了凳子看他炒菜。

「爺爺。」

「嗯？」

「小慈會走很多路，看很多東西，然後全部記下來跟爺爺說！」

「喔？這樣爺爺可要好好期待一下啦！」將一旁備好的料一樣樣地放入鍋，爺爺心情非常好地翻弄著鍋鏟，周遭香氣四溢。

我一直都記得爺爺那天像是得到了什麼貴重承諾的笑臉，還有那天豐盛到像在過年的菜，很好吃，很香，令人難忘。

『記憶很珍貴，不管是能夠去記住一件事，還是能夠在很久以後回憶某件事，都是非常幸福的事情，也是無可替代的寶藏。』

『小慈啊……』

『別忘了爺爺喔。』

青燈・之一　障目

視之障　有物者遮之　見而不視
心之障　無形者蔽之　視而不見

我起了個大早，是被一大疊的搭波A砸醒的。

可能是因為這種被叫醒的方式實在太特殊，導致我在醒來的瞬間整個人有些迷糊，坐在床上愣了半天才想起昨天那堪稱驚險刺激的一切：我遇到了魔，被她逼著找人，接著被她踹下電扶梯，然後又被她逼著做事情，最後被整了個難以見人的臉。

對，這就是我為什麼要這麼早起的理由。

為了避免阿祥撞見我這張半邊殘，昨晚想起有障眼法這玩意之後，我就決定今天要早早起床鑽到彼岸去把那個可以變臉的符給弄出來。我並沒有設鬧鐘，而是讓青燈叫我起床，雖然我覺得熬夜看片的阿祥不可能會被我的區區鬧鈴給吵醒，但不怕一萬只怕萬一，謹慎點總沒錯。

但為什麼最後叫醒我的是這疊紙而不是青燈呢？

「紙妖，你活膩的話早點告訴我，看在有些交情的分上，我會好好把你燒個乾淨。」雖然我並不是個有起床氣的人，但我想不管是誰被一大疊紙給砸醒，都會非常生氣。

『安慈公早，青燈大姐昨天實在操碎了心，整個看上去好累的樣子，小生看不過就把叫床的活接過來啦，』叫床個鬼，字不要隨便亂寫好嗎？我瞪著眼前的黑紙白字，很想在上頭怒畫刪除線，『還有，小生是活的沒錯，但小生很清爽，一點也不油膩！』

「……」

認真就輸了。

我一手揮開紙妖的早晨招呼，努力默念著已經快變成固定戲碼的五字箴言，隨手將床鋪被子整理好，然後就躡手躡腳的下床開始搞定個人衛生。

刷牙洗臉費不了什麼工夫，只是今天情況有點特殊。因為臉上那些青青紫紫，我不管是刷牙還是洗臉都是一陣顏面抽搐，真他喵滴痛啊，而且今天感覺更痛了是怎回事？

暗罵了白鳳一番，我很快就把自己給打理好，然後一邊在心底哀怨著，一邊打開小冰箱隨便弄了杯牛奶充當早餐墊肚子……畢竟現在大白天的，我可不想頂著這張臉去早餐店嚇人。

雖然這張臉變成這樣不是我的錯，但明知道會嚇人了還硬要走出去……我還沒那麼惡趣味，不想給無辜的路人增添心靈創傷，要是遇到熟人的話那就得輪到我被心靈創傷了。

不管是哪一種情況我都會變得更加鬱悶，所以為了自己的美好心情，喝牛奶就喝牛奶吧，反正等等過去彼岸以後就不用吃東西了——在那裡肚子不會餓。

喝完牛奶後，我用力吐出一口氣，腦子開始梳理起今天的預定行程。要做的事情不很多，就是瑣碎了點：現在時間是六點半，今天上午是空堂下午是滿堂，所以阿祥一定是睡到中午才會醒，也就是說我有差不多六個小時可以到處晃悠；加上我今天要請假的關係，所以只要中午跟阿祥吃完飯以後，整個下午的時間又可以繼續出去奔波了。

嗯，挺不錯的嘛，我頗樂觀的想。

打開衣櫃隨手挑了衣服穿上，我隨手敲了敲衣櫃門上掛著的穿衣鏡：「娃娃？在不在呀？」

『在的唷，安慈公早——呀！』

嘎？我有穿好衣服之後再敲的，怎麼還是尖叫了？難道……「我有哪裡沒穿好嗎？」

『不是的，安慈公都有穿好，只是你的臉好、好神奇……』她怯怯地指著我的右半邊臉，『顏色跟樣子都不一樣了呢。』

……我居然忘了娃娃還沒看過我這臉半邊殘。

「抱歉，嚇到妳了嗎？」掩面，我有種想淚奔的感覺。

『沒沒沒！娃娃只是有點驚訝……』她有些不好意思的說，然後小心翼翼的看著我，『其實，如果只看左半邊的話，安慈公還是很英姿颯爽的……』

謝謝妳的安慰，但為什麼我一點都不開心呢？

隨口跟娃娃閒聊著，我一邊整理著要帶去彼岸看的功課，看了看還在床上睡得跟死豬一樣的阿祥，心情那個沉重。

「阿祥啊，你可得好好挺過這一關啊……」我能做的最大努力也就是試著喚醒仙魂，然後卯起來用「雪林歸雪林，阿祥歸阿祥」這種說法來說服白鳳別把債往阿祥身上扔。以她那種執著程度，應該不會把怒氣撒在目標以外的人身上吧？

整理好包包，我拿起打火機準備把青燈叫醒，可在看到上頭那熟睡的青燈人像時，總覺得有些愧疚跟不好意思。打從白鳳現身開始，她就一路提心吊膽的擔心了大半天，我還很沒神經的拜託她一大早叫我起床；如果不是紙妖把這件事情接了過去，以她認真的性子肯定會繃著整晚不睡等著叫我……

想到這，我更愧疚了，一時之間實在不忍吵醒青燈的美夢。但我現在得去彼岸，沒青燈幫忙開路只靠我自己是過不去的，而且我也沒有聯絡牧花者的方式。真是的，當初爺爺是怎麼跑到彼岸去認識牧花者的？要是我也能比照辦理……

……

……

嗯？對啊！爺爺是怎麼跑到彼岸去的?!他可不像我這樣有青燈可以幫忙，肯定是用了什麼特殊的方法在彼岸跟人世間來回，我居然現在才注意到這點！如果我能夠學會爺爺去彼岸的方法，那這個方法基本上就是一張保命符啊！

俗話說的好，打不過就跑，看來這次去彼岸除了障眼法之外，還要好好地研究一下爺爺的交通手段才行！

做了這個決定後，我整個人振奮起來，然後就帶著抱歉跟愧疚的情緒把青燈給搖醒。

『安慈公？』揉著惺忪的眼，青燈藉由慢慢從打火機孔飄出的煙凝聚成形，還沒徹底清醒的她配上迷你版的模樣，意外地透出一股萌味來。她有些迷糊的看著我，眼神漸漸轉為清明，接著很快就換成了緊張：『呀！奴家睡過頭了？紙爺有按時喊您嗎？』

「有的有的，妳別緊張，」我小聲安撫道，「本來不想打擾妳休息的，只是現在要過去彼岸那邊，我得請妳幫忙開路……」這話說起來怪不好意思的，擾人清夢就只為了前後加起來還不到兩分鐘的附身兼開道，怎麼想都很不厚道。

聽到我這麼說，青燈愣了一下，『安慈公此去彼岸，所為何事？』

其實沒事也可以去啊……

我第一時間的反應就是想這麼說，但考慮到青燈的個性還有她對牧花者的那種鐵粉情結，我最後還是把這話給吞回去了，「自然是有事，妳看我的臉，這樣出去不好見人對吧？」我比著自己那張半邊殘，「剛剛還嚇到娃娃了呢。」

『這……的確是不甚美觀……』面對我這張即使想說好聽話也說不出來的臉，青燈也只能同意的點頭，『不過，這與去彼岸有何干係？』

「有關啊，有種符可以做個障眼法出來，就像白鳳幻出普通人樣貌那樣，我是想去研究一下這個怎麼弄，這樣才好去跟教授請假。還有，想去讓牧花者知道我們遇到白鳳之後的狀況，免得他掛念。」

解釋也是需要技巧的，如果我這話只說了前半段，青燈就算不會多說什麼，也可能會覺得我把彼岸的方便當隨便還怎的；可加上那最後一句之後，就算我想慢慢來，青燈也會架著我過去找牧花者好讓他安心了。

『安慈公所言甚是！那麼就立刻出發吧！』果然，青燈一聽完馬上就變回了正常尺寸，伸手過來就想進行附身。

「等等，妳不會想直接在這邊開道吧？阿祥還在睡呢。」我有些哭笑不得的縮手，這種反應……我究竟該感嘆牧花者的個人魅力太強大，還是該讚嘆鐵桿粉絲的一片赤誠？

『啊……』

很好，看來青燈完全沒意識到，「我們去娃娃那邊再說吧。」阿祥是很難吵醒沒錯，但彼岸開道時，那火焰化花一路開過去的現象還是很壯觀的，免不了還會颳起一些風啊啥的。要是把阿祥弄醒了，我實在很難解釋為什麼長髮飄飄的「左念慈」會突然出現在房間裡，還突然鬧消失。

總不能說我為了培養兄妹之間的默契跟感情，所以一大早把妹妹叫來寢室裡一起玩魔術逃脫秀吧？這種牽強到爆的理由要是阿祥也能信的話……我也只能認輸了……

借道鏡世界，再一次享受青燈制約跟情感回衝後座力後，我們順利來到了彼岸。

而在青燈從我身上脫離出去之後，我第一個動作就是抓住紙妖。

「不准動我的頭髮！」幾乎是一字一頓的，我惡狠狠地說。

『別這樣嘛，這次跟之前的都不一樣喔！』紙妖討好的寫道：『小生準備了很久的，絕對讓安慈公滿意！』

「你準備了啥？」

『飛天髻。』紙面上出現示意圖，連綁法都出來了，還有配套的紙製珠花。

「……滾！」

我現在的臉色一定很難看，搭配白鳳搞出來的半邊殘，效果肯定是一加一大於二。就在我搭上了青燈的雲霧公車，一邊看著周遭的花景一邊思考著自己現在的臉到底是如何如何凶惡時，耳邊的悠悠琴歌讓我猛然想起一件事。

完了，我居然要頂著這張慘不忍睹的臉去見牧花者！

在想到這點的瞬間，我真的很想衝回去拿個紙袋還什麼的罩在頭上，但這念頭也就是想想罷了。畢竟紙袋套頭並沒有比我現在這模樣好多少，而且紙妖要是在上頭玩了什麼花樣，那我就真的欲哭無淚了。

天知道我是多麼想正常的出現在牧花者面前，可每次都有這樣那樣的狀況：要嘛是衣服被燒個精光，要嘛是無奈下穿了女裝，又或者是被紙妖惡作劇的弄了怪髮型，結果現在又是這樣！

這樣的我在牧花者心中還有什麼形象留存嗎？肯定沒有了吧……嗚嗚嗚……

在心裡替自己那一去不復返的形象哀悼三秒，我開始腦內編排起等等見到牧花者之後要說的話。是先解釋自己的半邊殘呢，還是直奔主題說白鳳的事然後再帶到我的臉？唉，要不是這張臉的話，今天也不至於兩手空空的就跑來。白鳳啊，妳真是害慘我了。

就在我心底悶悶抱怨的時候，隨著耳邊的歌聲琴音越來越清晰，雲霧公車已經默默地載著我們來到的目的地。我跟青燈老樣子的在雲霧散去後乖乖地站在那裡等待，順便讓耳朵享受一下大師級的藝術洗滌。

說起來，牧花者唱的到底是哪些曲子呢？聽起來應該是很久以前就失傳的古曲，但因為歌詞一直推敲不出來，只能知道大概的意思；所以就算我有心也查不到，這對喜歡古琴曲的我來說其實挺挫折。

如果我能學會牧花者的語言就好了。雖然我一直都明白他在說什麼，但他說出來的那些語言、音節跟斷句什麼的我是半個字都不了解，只覺得很好聽，很有韻味。

很想學起來，就算現實裡用不上也想試著說說看。可看看彼岸的範圍，又看看牧花者那專注彈唱的模樣，再考慮到我的學習企圖只是「覺得說起來感覺很棒」、「想試著說說看」這種可有可無的自爽自嗨，央求他教我語言之類的話就怎麼也說不出口了。

或者，能考慮自學？

這念頭一起，我雙眼一亮，感覺可行啊！既然能聽懂牧花者話中的意思，那麼只要試著去記他的發音，然後好好對照語意，持之以恆下來，說不定真能靠這樣的觀察而學會一點呢！

想到這，我本來因為半邊殘的臉而顯得有些鬱鬱的臉整個燦爛起來。如果不是努力克制嘴角拉開的弧度，肯定要拉痛還腫脹未消的右半邊臉了。

「何事令你如此開懷？」

正當我的腦子歡快地轉著各種語言自學方案時，牧花者的聲音冷不防的響起，將我從快樂的妄想中拍醒。

「沒、沒什麼……」我可不敢直接把自己想偷學對方語言的事情說出來，就算牧花者不介意，我也會覺得尷尬。至於牧花者的問題，我則是急中生智的隨口拋了一個答案，「只是突然覺得活著真好而已。」

對此，牧花者細細地看了過來，視線在我的臉上停了三秒後頗為認同的點頭，「的確，活著是一件好事，孤也很替你高興。」

「……謝謝。」我的心情好複雜。

「不客氣。」還是那一貫的溫雅嗓音，牧花者淡笑著抱琴而起，朝我們這邊緩緩走來。這一站一走，我才驚覺他的頭髮比上次看的還要長好多好多，拖在後面的長度有沒有兩公尺了啊？嘖嘖，我等下一定不可以走在牧花者的正後方，要不然肯定會踩到的。

這麼美這麼漂亮的長髮，踩上去什麼的簡直是褻瀆！光想就覺得該砍腳。

「在想什麼？」

「在想你的頭髮好漂亮，可這麼長，你不覺得重嗎？」因為牧花者問得突然，我在還沒回神之前就反射性的回答了。然後在意識到我說了什麼的瞬間，我直接鬧了個大紅臉，這讓我的半邊殘顯得更加精彩了，左半邊紅通通的，右半邊當然也是紅通通，不過是紅得發紫……

這張臉要是拍下來，大概可以得到校際年度驚悚的第一名。

「那個，我沒別的意思，」在青燈不贊同的視線下，我硬著頭皮解釋，「呃，需不需要我幫忙提著？要不等下踩到可就不好了……哈哈哈……」

「多謝費心，孤已經習慣了，不過，繼續這般下去確實有些不便，如此，便剪去一些來製弦吧。」

「啊？要剪啊？」又一次，我的嘴巴在我的大腦同意之前就讓話竄了出來，一時之間，我只覺得青燈的視線快要把我洞穿了，「我的意思是，好可惜……這麼長的頭髮，在我們那邊可是非常少見的……」

這是實話，現代社會可沒什麼人會去留這種長度的頭髮，就算真的留了，髮質也肯定不像牧花者的這麼好，牧花者的長髮從頭到尾都是完美的超一流品質；不像一般人留到這麼長以後，髮尾就會顯得十分脆弱，或是分岔或是枯黃毛燥什麼的。

要是讓那些美髮模特兒看到，肯定會自慚形穢吧。

對於我的評價，牧花者只是笑著搖頭，「過讚了，」他說，然後老樣子的用一道閃光的時間將我們移動到竹屋裡，「就這點來說，你跟左墨可真像……他也曾這麼說過孤的頭髮，還跟孤討要了不少去。」

他溫和地笑著說，將手中抱著的琴掛到一旁的壁上，就跟我上次提著茶點拜訪時一樣，讓那張古琴在牆壁上跟其他同伴一起休息；我則是在心裡吐槽著爺爺的臉皮厚度，要是我就沒這個膽子開口。儘管我對牧花者沒加過工的頭髮也很有興趣，但青燈那邊已經有收集一些髮弦了，我實在想不到有什麼理由可以跟牧花者要頭髮。

牧花者在掛好古琴並且在房裡燃起薰香後，重新開啟房門將我們帶到了月泉一側。接著一抬手，我跟青燈身邊多了兩個小凳子，而他則是在月泉邊很隨意的坐了下來，將他那曳地的長髮泡進了泉水之中。

「坐。」他柔和地說著，然後在我拉著青燈坐下後，看著我的臉若有所思，「這次，打算待多久呢？」

嗯？待多久？

「請問……是不是有什麼不方便的地方？」牧花者還是第一次問這樣的問題，之前我每次過來都只是問我打算在這做些什麼，對於我會待多久這件事情一直都很無所謂的，怎麼這次關注起我的停留時間來了？

牧花者沒有正面回答我的問題，只是再次將視線放到我右半邊的臉上。

「魔者，不好相處吧。」雖然最後多了個「吧」字，但語氣是肯定的，想來牧花者已經從我這特殊的臉部造型看出了不少東西。

我嘿嘿地乾笑了下。

「是不太好相處，」事實擺在眼前，也沒啥好不承認的，而且白鳳真的很難纏，整個就是神煩境界不解釋，只不過……我摸了摸還有些腫痛的右臉，有些不好意思的看向牧花者，「抱歉，總是讓你看到我狼狽的樣子……」

其實我也是很想正常、體面的來拜訪，可惜身邊總是一堆的意外跟不可抗力，而我這句半帶自嘲的道歉卻得到了一個有些意外的回應。

「無妨，孤看習慣了。」他這麼說，讓我本來還在乾笑的臉整個愣住。青燈的表情沒有特別變化，但那突然眨了好幾下的眼說明了她的不解。

「習慣……？」

花海這邊基本上沒有什麼爭鬥——只有一個人是要怎麼打——即使真的有人不長眼睛的打上門好了，牧花者要解決對方大概也就是幾個揮手動作隔空就能搞定的事，怎麼樣也不可能直接上去肉搏弄到鼻青臉腫的程度……說真的，我實在很難想像牧花者跟人互毆的畫面，太不搭了。

對於我和青燈的疑惑，牧花者很快就給出了解答。

「左墨前來拜訪彼岸的時候，大約每五次就會如你這般的出現一次。」伸手探進泉水裡撈起一束髮查看，牧花者用一種充滿懷念的口吻說道：「只是，你比他稍微好一點，至少還有半邊是好的，著實令孤感到欣慰。」

看著牧花者那非常「欣慰」的笑容，我的嘴角跟心臟都發出了一陣抽搐，那種微笑如果要我來形容的話，大概就像一個父親看見總是考零分的兒子突然某天考了個十分回來時，會有的那種「老夫也有看到你考出十分的一天啊」的微笑。

爺爺就是那張掛蛋的考卷，而我則是那張十分的。

這種時候，我是該偷笑自己至少還有十分呢，還是該對爺爺的零分表達一點哀傷？心裡糾結著這種五十步笑百步的問題，耳邊，牧花者那悅耳的嗓音再次響起。

「孤的地方，你們想待多久都歡迎，但這次……孤並不建議你停留過久。」他定定地看著我，這讓我十分錯愕。

「發生什麼事了嗎？」我謹慎地開口，儘管認識的時間不長，但以牧花者的性格來說，如果沒有什麼特殊原因，他是不會說出這種話的。

「別緊張，並非是彼岸出了什麼問題，只是……」他笑著抬起手點了點自己的右臉頰示意，「你的傷，彼岸對人子而言不是一個適合療養的地方，待在這裡的話傷是不會好的，時間久了，怕是要多遭罪。」他說，話語裡有著關切。

聽牧花者這麼一提，我才想到還有這個問題。

是了，在彼岸這邊既不會餓也不會渴，待在這也從來沒想過要上廁所，可以說各種生理代謝等等都沒有反應。吃東西是可以，至於吃進去後有沒有在消化這就很耐人尋味了。而且從爺爺的狀況也能想到，人不管在彼岸待多久身體都不會成長，否則以爺爺待在彼岸的年歲來算，那麼長的時間都足夠他作古N次了。

不過，我現在才知道原來在彼岸這邊除了身體不長之外，連傷口也不會好。難怪這次會讓我別待太久了，臉上的就先不說了，我現在可還在渾身痠痛的階段呢，而且感受比昨天還要強烈。如果說昨天只是像被卡車輾過，今天就是像被火車輪過一樣，這感覺實在很不好受。

是說，彼岸這邊到底是怎麼回事呢？明明牧花者的頭髮會變長，為什麼我的身體卻不會長？因著這樣的疑惑，我開口問了，然後看到牧花者充滿溫暖的笑。

「左墨也曾問過同樣的問題，你們在這方面，果真相似得很。」他的聲音很輕，一面說一面將泡在月泉裡的長髮給撈了起來。說也奇怪，他的手只是在溼髮上輕輕拂過，本來還在滴水的黑髮就整個乾爽了起來，而在吸收了那些月泉水之後，原先就像上好黑緞的長髮就變得更加、更加……

更加讓人想上去摸一把啊啊啊！

可能是我的視線太過強烈了，牧花者有些好笑地截取了一段髮束，紮好之後遞了過來，「若是不嫌棄的話，就收下吧。」

咦？「真、真的可以嗎？」受寵若驚，我差點就從凳子上跳了起來。

「嗯，你收著，待到日後於符道上有所進展，還可比較一下原材料與煉製後的差別，也是番體悟。」他如此提點著，然後那束髮就這樣飄到了我的手中。

哇賽！

這是我摸到髮束的瞬間腦袋炸出的兩個字，這觸感太讚了！比什麼毛皮都要殺啊！

為了讓自己不要像變態一樣的一直去摸手上的髮束，我強迫自己用雙手捧著這份贈與。想著牧花者剛才說的比較，我飛快的青燈對視了一眼，想來青燈將髮弦收集起來的事情牧花者已經知道了，可能是覺得我這樣的行為是不好意思像爺爺一樣跟他開口要頭髮，所以就主動送一束給我……

……這麼貼心的好人，我以後要是遇不到了怎麼辦啊？

「謝謝，」捧著那束長髮，我真心的說，然後很小心地將那束髮收進包裡的一個獨立的隔層裡，「我會好好保管的。」

對我這樣的聲明，牧花者依舊是那樣的微笑，把人看得暖暖的，而後只見他慢慢將自己撈上來弄乾的髮絲截斷，一束束整齊地擺放在周邊，緩緩開口解答我先前的問題。

「此處是十分特別的地方，這裡的時間既是流動的，也是停滯的。」他一邊處理著頭髮，一邊用那如歌的聲調說：「心有前行，身無寸移，無論何者來此，皆是如此。就如那被束縛在此地的彼岸之花般，心神感受著時間的流逝，身子卻囚禁於花籠之中無所變動，至於孤……」

他頓了頓，像是思考著要怎麼說，最後給出了一個不算回答的答案。

「這裡畢竟算得上是孤的地方。」

也就是說他屬於例外就對了，至於為什麼牧花者沒把話解釋完……也許是因為說了我也不懂吧。我畢竟不像爺爺那樣博學多聞，對妖仙魔三界幾乎算是無知，空間、時間、術法這類非科學的事情也沒怎麼涉獵，現在撐死也不過就會點符而已。

要到什麼時候才能像爺爺一樣成為牧花者的聊天對象呢？路好長啊，我感嘆的想。不過感嘆歸感嘆，既然牧花者都說了我這次不宜久待的理由，我也該回答他最開始的問題才是。

「這次主要是來修習一些障眼法相關的符，我想，應該不會待太久的。」有牧花者的勸戒在前，我可不想一身瘓痛的在這裡死撐，現在也只能祈禱那種符不要太難畫了。

「障眼法？」

「是的，」我有些不好意思的挪了挪坐姿，「您也看到了，我現在這個模樣出去不太方便，想著之前看到爺爺有一些可以遮掩樣貌的小技巧，就想學來應急一下。」

本來我還想著要跟牧花者請教一下關於爺爺過來彼岸的方法，但一想到身上的傷，再想到這方法研究起來肯定要花上不少時間，我只能暫時打消這個念頭，等傷好之後再來討教了，就只說了想學障眼法的部分。

「原來如此，」看著我那半邊完好半邊青腫的臉，牧花者那淡淡的笑意裡帶了點慰問的成分，「難為你了。」

「也沒什麼，能有這樣的結果已經算很好了。」至少小命還在，跟活著比起來，被踹下電扶梯什麼的完全就是小事一樁，「這次還要多謝您的提議，我本來還沒想過能跟魔者坐下來好好說話呢。」

現在想來也幸好我存了可以跟對方談談的心思，不然要是真的一照面就逃，現在還不知道會演變成什麼樣。

聽著我這麼說，牧花者只是「喔？」的應了一聲之後就溫和地看著我，沒有要追問的意思。但那微笑跟眼神已經很清楚地表達了他的意思：你若想說，孤就聽著；若覺得不方便，那也無妨。

對此，我自然是很乾脆地將遇上白鳳之後的事情一五一十的倒出來，礙於自己的眼界關係，我能跟牧花者說的話題其實並不多，所以只要遇上這種能跟他好好訴說一番的機會，我都不會放過。在我開講的同時，牧花者的手上也沒閒著，一雙手有條不紊地整理截下的長髮。

他的手緩慢而優雅的動作著，帶著某種韻律，儘管是分心在做事情，但那時不時的點頭，偶爾出聲的幾句話卻能讓人知道他有認真在聽你說，不會給人敷衍了事的感覺。

而當我說到白鳳要找的人居然就是我的室友時，牧花者頓了一下；說到我說要去尋找藤壺之酒時，牧花者看著我的目光裡已經帶上了某種看不透的探究。一瞬間，讓我有種自己是不是說錯話還是做錯事的感覺。

「呃……這真是很巧對不對？我知道的時候嚇了一大跳呢，哈哈……」搔著頭，我乾巴巴地說，牧花者的視線讓我有些扛不住，「請問，有什麼問題嗎？」

「沒，只是對你接下來的處理方式感到好奇。」牧花者笑著說，明明語氣裡沒有顯露出什麼特殊的情緒，卻讓我整個人都緊繃起來。

「我、我沒有要把阿祥推出去交差的意思，我是想讓他們把事情給說清楚，還有，雪林是雪林，阿祥是阿祥，他們是不一樣的！」我很用力的強調，像是想從牧花者這邊爭取認同，「就算當初雪林真的做了什麼對不起白鳳的事，那也跟現在的阿祥沒有關係。」

「喔？」聽著我這樣的說法，牧花者有些玩味，「儘管你這麼說了，但，他們的靈魂是同一個，不是嗎？」

「這……是同一個沒錯，但人是不同的，」我有些著急的組織語言，努力將自己的想法表達出來，「就算擁有同樣的記憶，也不能說那是同個人，何況現在的阿祥根本就不知道什麼雪林什麼白鳳，要把那筆帳直接算到阿祥頭上的話，怎麼也說不過去。」

「於你心中，即便持有相同的靈魂，也不一定是相同的人，是嗎？」

「是的。」我用力點頭。

看到我毫不猶豫的肯定，牧花者的眼在那瞬間閃過了一絲感傷，彷彿回憶起什麼令他難過的事情。不過很快就恢復了正常，快到讓我覺得剛才那抹神傷只是錯覺。

「那位魔道也是這樣的想法嗎？」毫不拖泥帶水的直奔重點，牧花者的微笑依舊，而我就有些不淡定了。

沒錯，比起我自己的想法，白鳳的想法更加關鍵，畢竟她才是拳頭大的那一方，哪怕我覺得自己沒錯，她只要一拳砸過來，就算我真的是對的也沒用。

很多時候，拳頭才是硬道理。

而且對魔者來說，約法三章什麼的那是浮雲，談條件更是想都不要想，本來我一直避免去想這樣的問題，但現在被這麼直接的提起，我只覺得一陣無力，然後就是各種矛盾跟難過，甚至，還有一些難堪。

我想解決白鳳的問題，好讓她離開這片地方，但她的目標在阿祥身上。

我不想讓阿祥陷入危險，可現在就算我什麼都不做，白鳳還是會找上他，與其讓她這個不知輕重隨時隨地都會爆炸的危險分子去動手，還不如我先做點什麼。

可誰也不能保證白鳳不會對阿祥出手。雖然我認為阿祥跟雪林不同，但在這種情況下，如果白鳳真要對阿祥做什麼那我也是無力回天，到了那個時候，心存僥倖覺得可以說服白鳳的我，就是把阿祥推下坑的幫凶。

要是我不幫她呢？白鳳肯定還會抓其他人替她效勞，或者自己出馬。

可我現在幫她了，結果就是像上面所說的那樣，假如之後走向了最糟的局面，我就是幫凶。

這真像一個死局。我明知前面沒路，卻只能繼續直走到底，然後期待著這一切只是場誤會，好讓我能在走到底的時候能挖個洞逃出生天。

我覺得我很無辜，不過在這死局之中，最無辜的恐怕是阿祥。

「……我也知道這當中的問題，但……我還能怎麼辦？」

沮喪的，我在牧花者的目光下低下頭。不得不說我在說出這些事情的時候，心底是期待著能請牧花者幫忙。靠山人人都想找，何況是像牧花者這種堪比聖母峰的山？

可同時我也知道這有些不切實際。

他的確對我很好，但就像之前遇上那隻紅花鬼眼大蜈蚣的時候一樣，他會在旁守望，卻不會出手，因為那是我必須去面對的事情。

而且說實在的，光是他願意守在一邊我就該感激涕零了；往狠點說，那其實跟他沒什麼關係，就算我真的對付不了那隻蜈蚣，也輪不到他出手——就算真要用牛刀殺雞也不會用這麼大把的——所以憑什麼指望著讓他幫我？就憑爺爺跟他是朋友？這種理由我還真說不出口。

可期待之所以會是期待，那就是因為心底還存有這麼一絲盼望；而當這份盼望真的破滅時，儘管早有心理準備，還是會不可避免的感到挫敗。

因著我的低落，周遭有一段時間呈現出死寂般的靜默。而在我為這一場死局糾結不已時，耳邊，牧花者那清雅溫潤的聲音如輕風徐來。

「孤並沒有責備你的意思，」他這麼說，讓我不由自主的抬起頭，然後看見他那雙總是溫和的眼跟一直都是那麼溫柔的笑，光看這麼一眼，我就覺得心中的鬱悶被掃去了不少，「只是希望你能將這一切好好地看清楚，無論是好是壞，都應該坦然直面。」

「人們總是樂於看著好的，而忽略了背後那份壞的可能，一件事情，不是你不去看，它就不存在的。」他說，聲音十足輕柔，跟那略顯沉重的內容成了一個鮮明對比，「好好地看，不要讓自己做出後悔的決定。」

「……我會的。」

「這次的事情，孤不會出手。」彷彿在聲明自己的立場，牧花者狀似無意地提起。雖然這是早就知道的事情，我的心還是像被槌子敲了一記般悶了一下。

「應該的，這本來就是我們該做的事情……」而且這次的事情還是那個前任青燈紗帽女給我的考驗，要是沒處理好，也不知道她會不會把我的殘燈身分往上報。唉，我怎麼有種橫豎都是一個死的感覺？主角當到我這分上也夠可悲的了。

我僵硬的扯了個微笑，看著牧花者將製好的髮弦挑出一部分收入袖中，另一部分則被他細分成七束捲收起來。被捲起來的那些髮弦帶著螢螢的光點，即使隔著一段距離也能感覺到弦線中散發出的清冽。

原來這就是入選品與次品之間的差別啊，以前沒看過不知道，這下真是長見識了。

收好那些弦之後，牧花者取了一些月泉水淨手，點點白光圍繞在他身旁，如夢似幻，整個人都充滿了令人安心的氛圍，讓人忍不住沉溺其中。就在我看呆的時候，他那雙如星的眸子望了過來。

「雖然孤不會插手你的事情，不過，」牧花者有意無意地眨了眨眼，微笑裡多了一分靈動，「孤並不介意你帶客人過來。」

他這麼說，總是溫雅的笑容裡破天荒地帶上了一點俏皮的成分，讓我在那個瞬間直接愣掉完全反應不過來。天啊，俏皮，我從沒想過這種可愛的元素會出現在牧花者身上，而且還出現的那麼自然無違和，我這是出現幻覺了？還是出現幻覺了？

這份視覺衝擊讓我的大腦當機了好幾秒，一直到青燈扯了扯我的衣服我才回過神，並且意識到牧花者剛才那句話背後的深意。

帶客人過來？也就是說，他不介意我把阿祥帶到花海這邊？

「真、真的可以嗎？」我激動得差點直接站起來，這對我來說可是一個重要的退路啊！

「自然是可以的，此處並不是什麼禁地，只是因為怨氣太過龐大，於心有礙，所以鮮少有人願意前來罷了，」神情重歸寧靜沉穩，牧花者的微笑依舊，彷彿剛才只是我眼花看錯，「若是尋常人子，孤也許不會這麼提議，但既為仙魂轉世，又只是短暫停留的話，那應當不會對其造成太大負擔才是。」

聽他這麼一說，我剛才激動的心情慢慢冷靜下來。

的確，彼岸這邊並沒有明令禁止閒雜人等不得入內，但，除了偶爾會有青燈前來引領悔過的罪魂之外，基本上不會有人願意靠過來。畢竟那幾乎算得上是無邊無際的沖天怨氣不是蓋的，如果我不是每次來都躲在紫竹屋或跟在牧花者身邊的話，可能也會受不了吧。

有了花海這個讓人卻步的要素再加上出自對牧花者的尊敬，沒事也不會有人過來套近乎——爺爺那個臉皮厚過牆的除外——久而久之，儘管牧花者從來沒有說過禁止他人前來的話，彼岸也成了讓人敬而遠之的地方了。

一種奇怪的感覺鯁在我心底，我想說點什麼，卻覺得說什麼都沒辦法表達我現在的心情，最後只能老實地站起來，深深地對牧花者鞠了一躬。

「謝謝，真的，非常謝謝您。」

「客氣了，」他的聲音一如既往的溫柔，「能有客人來訪，孤自是十分歡迎。」

他這麼說，而我只覺心底一陣發酸，不知是什麼滋味。

我總是看見牧花者溫雅而柔和的一面，

卻從來不曾想過，

在那份笑容的背後，

是否藏著一份看不見的孤獨與寂寞。

青燈・之二　擇途

道行千里路迢迢
各人擇途各人擔
既擇且行　既行且觀

也許是因為臉上帶傷的關係，牧花者並沒有察覺到我在那一瞬間閃過心頭的酸悶，只是輕聲問了一些關於我身上傷勢的問題。在確定那些傷就只是看上去很「鮮豔」，既沒傷筋也沒動骨的，即使放著不管也不會變嚴重還怎樣之後，才放心讓我留下來。

這份關心對我來說十分受用，怎麼說這都是我受傷之後得到的第一份只把目光放在傷口上的關懷。三妖雖然也表達了各自的關切，不過基本上都往臉上招呼了，好像被踹下電扶梯之後我就只傷了這張臉一樣，這種情況下，我總不能把衣服撩開來大刺刺的求安慰求關懷吧？

至於白鳳跟阿祥……這兩個表達關懷的方式，一個會讓我覺得自己有生命危險，而另一個卻會讓我想讓他有生命危險，所以還是莫再提，這樣對我的心血管比較好。

在這之後又跟牧花者說了一些關於醫院的事情。爺爺一直都是中醫派的，過去也沒怎麼跟牧花者提過西醫，所以牧花者在聽完我對醫院的描述後，就好奇的借了一些外用藥過去看，很有興致地觀察那些裝著藥膏的一次性塑料容器。

「跟左墨以前帶來的都不太一樣，」他端詳著手中的容器，我本來還想著他可能不知道怎麼開的，可沒想到他就像是看透了那個容器構造似的，很自然地就將蓋子給旋開，將藥膏湊到鼻間嗅了嗅，「……頗為僵硬的味道呢。」

這個，味道是可以用僵硬來形容的嗎？難道還有柔軟的？就在我琢磨著牧花者的形容詞時，他已經將蓋子重新蓋了回去，讓那些藥重新飛回我的手中，順口叮嚀：

「人子的藥物，孤不甚了解，也不便評論，你且記得別在此處用藥即可，免得浪費了那些藥膏。」他語帶關懷的說，接著就從月泉旁起身。他這一起，我跟青燈也沒敢繼續坐，馬上跟著站了起來，可能是因為動作太大，我忍不住倒抽一口氣，引來了牧花者的注目。

「若是真疼得厲害，又不好直接回去的話，就用月泉水敷一下吧，」他不知從哪取出一方帕子，折疊成巴掌大後彎身用月泉水浸溼，來到我面前將那吸飽了泉水，卻神奇地沒有漏出半滴的帕子貼到我的右臉上，「雖無療效，卻可以讓你好過一些。」

他這麼說，冰冷的手拉著我按好那溼帕後才鬆開，動作無比自然，我心中的感動在這瞬間立刻提升了N個百分比。也不知道是心理作用還是月泉水的鎮定功能強大，我在那個當下只覺得右臉一點都不痛了，一把星星眼的看著他微微轉頭與青燈說話。

「此事妳也多有勞神，月泉水於養神頗有助益，自取便是，毋須顧忌。」他一邊說一邊伸手摸了摸青燈的頭，讓本來想搖頭的她整個僵立當場。嘖嘖，這招高啊，直接就把什麼拒絕啊客氣啊的扼殺在搖籃中，也就只有牧花者了，要是換個人來的話，青燈可能會乾脆俐落的擺出認真模式，該客套的客套，該拒絕的拒絕，哪會像現在這樣乖巧。

什麼叫氣場什麼叫光環？牧花者就是一個最完美的典範。

在這之後，牧花者讓我們在月泉一側多待些時刻，如果想直接在這邊研讀符道的話他也不反對。像是為了表明話裡的真實性，他素手一翻，在凳子旁又出現了一張小桌子，據說是爺爺當年的寄放物之一，看著那張保養良好的小桌，我好奇的順著話題問起爺爺當年到底留了多少東西在彼岸，對此，牧花者只是微笑再微笑。

「孩子，你怎麼會對這樣的事情感興趣呢？」他這麼說，沒有正面回答這個問題，只是臉上的笑容越發燦爛，燦爛到就算下一秒發出了聖光我都不會感到意外的地步。面對這樣的微笑，我默默的悟出了六個字。

很可怕，不要問。

爺爺到底留下了多少東西，又都留下些什麼，就讓它成為一個永遠的謎吧。

這個世界上，有些事情其實不知道會比較幸福，我這麼感慨著，然後莫名地開始懷念起幼時那天真無知的單純美好。啊啊，當年捧在手心裡小口小口吃著的桂花糕，味道實在是很香啊……

我逃避現實的想著，然後跟青燈一起目送牧花者的離開。本著八卦的心態，我在目送過程中偷偷地瞥了青燈幾眼，想看看她臉上是不是有出現紙妖以前曾寫過的「少女嬌羞」，可惜我怎麼看都只看到尊敬的目光，跟嬌羞半點沾不上邊。

難道是會錯意了？其實一開始就只是仰慕沒帶粉色泡泡？可如果這麼單純的話，當初青燈何必大怒到直接秒燒紙妖的地步，雖然她一直都不是可以讓人開玩笑的角色，但這麼激烈的反應實在讓人忍不住想入非非啊。

『安慈公。』

「是！我什麼都沒想！」因為正在心底醞釀八卦的關係，青燈這一喊讓我有種被抓包的感覺，情急之下替自己辯白的話就這樣脫口而出。

『安慈公何出此言？』果然，青燈訝異又困惑的看了過來，我連忙別過頭，將自己那完好的左半邊臉側到一邊去避開，免得洩漏了我的侷促。

「沒什麼，我、我要開始研究符道了！」為了遮掩我的心虛，我三步併作兩步的來到牧花者幫忙備好的桌椅入坐，把紙妖叫過來之後便似模似樣的從包包裡拿出大把的搭波A……

……

………

嗯？等一下。

「這些搭波A哪來的？」我冷冷地看向在桌子上跳體操跳得歡快的紙妖，面色不善。早上收書包的時候我記得很清楚，裡頭除了課本之外就只放了一些多孔活頁紙，可沒有什麼搭波A。

『安慈公真是貴人多忘事，小生的叫床工具自然是要隨身攜帶的呀，』紙妖這麼寫道，完美的體現了身為一張紙的好處——不管寫出來的話多麼扯淡，它都能臉不紅氣不喘，『安慈公，用完就丟是很浪費的行為，您不可以這樣！』

這包搭波A落在你手上才是真正的浪費。

我更冷的看過去，連叫它不要隨便把「叫人起床」省略成「叫床」的心情都沒有了。也不知道是不是因為臉上貼著月泉水的關係，我居然沒有要暴怒的感覺，敢情這泉水還有情緒管理功能？改天應該要跟牧花者要一點回去，可以挽救我的少年高血壓。

就在我出神地想著該用什麼理由跟牧花者討要月泉水時，青燈攏著煙袖飄了過來，看著我欲言又止。

「怎麼了？」想起她剛才有喊我，而我卻因為胡思亂想的關係躲開，實在有些不應該，「有什麼事嗎？」

『也沒什麼，只是奴家……奴家……』她猶豫地看了看連結著紫竹屋的門，又回頭看著我的臉，最後才在我充滿著鼓勵的眼神下說出心中所想，『奴家想出去聽琴，可好？』月泉這一側是比較難聽到琴聲的，待在紫竹屋的話則是要視距離，如果想聽到清楚的，還是得到外頭去。

她這麼說，而我眼前的搭波A非常不怕死的浮現了以下的字句。

八卦恆久遠，一則永流傳。

愛心框邊，放大加粗，字體是紙妖精選POP海報體，看上去十分可愛搶眼，可惜只顯現了一秒就消失匿跡了，讓人分不清這貨到底是膽大還是膽小。

「想聽就去吧，這裡是彼岸呢，就算放我一個人也不會有事的，」我這麼對青燈說，隨手彈了彈紙妖讓它幫著把障眼法相關的內容找出來，「紙妖也在，翻譯上不會有問題的，而且還有娃娃在呢，沒事的，妳不必一直陪著我也可以喔。」

『確是如此……』青燈很認真的分析我的話，半晌後贊同的點頭，接著就顯得有些失落起來，『這樣說來，奴家似乎沒什麼用呢……』

呃，為什麼會突然轉到這邊？

看著青燈那精緻的臉蛋上浮現出的明媚憂傷，我突然覺得自己也很想這麼哀愁一把，繼上次的開導之後，我又要再一次的充當心理輔導了嗎？明明現在有不少事情堆在我面前等著我去解決的說……

「怎麼會沒用？」打起精神，我忍住了心中的長嘆，一回生二回熟，很多才能都是逼出來的。比方說我現在的輔導員屬性，哪怕我也很需要被開導，還是能說得有模有樣，「妳也幫了我很多忙的，妳瞧，要是沒有妳的話我連彼岸都過不來呢，別妄自菲薄了。」

『是這樣嗎？』

「當然是，還有，我對妖道幾乎一無所知，很多事情都是妳跟我說才知道的，妳懂得那麼多，藤壺之酒也是妳告訴我的，要是沒有妳的提示，我現在肯定像個無頭蒼蠅一樣亂竄了，所以妳怎麼會沒用呢？」

這番話講出來後連我自己都覺得很有說服力，嘖嘖，說不定我以後真能朝輔導員方向發展，在努力渡妖的同時試著把自己煲成一鍋可口的心靈雞湯……聽起來還不錯，至少很可口。

可惜這次我精心烹調的雞湯並沒有達到提振精神的效果，反而是讓青燈顯得更低迷了，這讓我有些驚訝，奇怪，不應該啊，我剛才說的話不管怎麼看都是讚揚，怎麼聽完之後反而變得更低落了？「青燈？」

『奴家只知妖事，對人間事卻是半點不通，』她看起來很沮喪，小臉有一半都藏在煙袖後，這似乎是她的習慣，遇到什麼不好啟齒的事情時，都先藏在袖子後面再說，『就如今次，奴家見著安慈公受傷，卻只能佇在一旁不知該如何是好，想找醫館也不知怎麼找……』

「……是不是白鳳跟妳說什麼了？」聽到青燈這種自怨自艾法，我的腦中馬上就閃過白鳳那總是掛在臉上的嬌媚壞笑，還有總是自說自話的嘴。

青燈的另外半張臉也躲到了煙袖後，答案不言而喻，我甚至連對方可能說了什麼、用什麼嘴臉說下去的都猜到了。

白鳳大大，妳可真會給我惹事，還有青燈，妳都被人連嘲帶諷的刷過一遍了還繼續叫她白鳳大人？妳這是缺心眼呢還是少根筋啊？

「接下燈杖也算是我自願的，不能全怪妳。」我繼續端起輔導員的姿態，嘗試著又一次的開導。不過這話也沒說錯，當初要不是我手賤去碰燈，青火也不會突然熄滅，什麼叫自作孽不可活？這就是了，家族遺傳真心傷不起啊。

「而且，妳一直都只在妖界行走，不知人間事也是很正常的，再說了，不會可以學嘛，哪個人不是學過來的？以後我教妳就好啦！這也算禮尚往來，妳教我妖的知識，我跟妳說人間的事，妳覺得從手機開始怎麼樣？還是妳想先學著用電腦？」

我記得阿祥那邊有汰換下來還沒處理掉的舊主機，只要搞定螢幕跟鍵盤滑鼠這些外接部件就可以用了，剛好拿來當教學機，至於要用什麼樣的理由跟阿祥借機子……這個就到時候再研究了，真不行的話我就把念慈妹妹搬出來，想來阿祥是不會拒絕的。

『安慈公……』青燈有些感動的放下煙袖，重新露出來的一雙大眼因為蒙上一層霧氣的關係顯得水汪汪的，『您果真是個好人。』

這種時候，只要說「謝謝」就可以了，謝謝。

我默默整理著一路收到的好人卡，把上頭寫著「馬麻說收集十張好人卡就能兌換聖人卡」的紙妖給揉爛之後，繼續走我的輔導員之路。

「那青燈，妳想從哪裡開始學？」

『這個奴家也不懂，不過，如果能同白鳳大人那般便好了。』她頗為憧憬的說，語氣裡流露出明顯的崇拜。

是說一個妖崇拜一個魔……這畫面要是讓那個紗帽女看到了，真不知道要作何感想。至於想跟白鳳同一個等級？說實話，這要求還不是一般高啊，我的眼神有些放空的想。

畢竟，要論起在人間打滾的年數，她當我祖宗都有找了，但是這種場合我怎麼能承認自己比一個魔道還差？再說了，就算真的差了些，要教青燈還是綽綽有餘的。

腦子一轉，我立刻找到一個可以讓青燈學上一陣子的東西，「這樣，妳就先學怎麼打字吧！」手機可以直接用觸控筆劃輸入，電腦可不行。但只要能讓她學會怎麼打字搜尋，那麼接下來我就輕鬆多了，有事讓她自己去查，多方便。

『打字？』青燈歪著頭，『那是什麼？』

「就是將字輸入進電腦裡的一種行為……」我開始跟青燈解釋起來，順便普及了一下電腦網路之類的常識，看到她有些似懂非懂的點點頭後，就讓紙妖弄了個輸入法的書過來，新注音這個可能沒辦法，想學的話我可能得從ㄅㄆㄇㄈ開始教起，只好讓紙妖找找嘸蝦米或倉頡輸入法。反正青燈本來就會寫中文字，把拆字這些學好之後應該就沒問題了。

後來青燈選了嘸蝦米，最大的理由是這個名字聽起來比較可愛（倉頡表示：……），我個人是比較推薦倉頡，畢竟嘸蝦米要用英文，而且還會牽扯到發音的部分，同樣都是拆字，倉頡對青燈來說應該比較親切。

我將我的顧慮告訴青燈，而她只是非常認真的答：『奴家常常在安慈公的書本中見到這種文字，卻總是不解其意，如今有機會碰觸，自然要將它學起來！』

「可這個字母發音……」

『就教給小生吧！』紙妖跳了出來，『區區二十六個英文字母，沒問題的！』

「你能發音嗎？」我淡定的看過去。

『不能，但小生有辦法！』紙妖展出一張兩開的字報，英文字母分成三行列了出來，然後對應在各個字母下方的是：『欸、逼、西、滴……』

……你贏了。

也好，就把這當成青燈學習英文的開端吧，有了學習功課之後，青燈也比較不會胡思亂想，思及此，我對紙妖點點頭，「那就教給你了。」

『包在小生身上！』紙妖拍著紙面打包票，接著就飛快地把相關書籍給印出來，有英文字母練習本——附描紅的那種——嘸蝦米輸入法教學、日常英文單字……等等工具書。它還很貼心的整了個紙鍵盤出來，維妙維肖的，上頭還有可愛的嘸蝦米紙雕，根據紙妖的說法是這樣可以刺激學習欲望。

「如果青燈選了倉頡，你難道要雕個倉頡上去？」在看著青燈歡喜地抱著東西離開後，我忍不住這麼問紙妖。

『不，那樣對倉頡先生太失禮了。』紙妖很快地回應，就在我對於紙妖居然還有肖像權概念感到安慰的時候，紙張補上了這麼一句：『小生會把安慈公的畫像擺上去。』

……這樣對我就不失禮了嗎？

我臉色一黑，一把拿起貼在右臉頰的溼帕，狠狠往紙妖身上拍去。

噗嘰。

啊，神清氣爽。

看著被壓扁在桌上的紙妖，我頗有一掃怨氣的解恨感。

青燈抱著書本跟那個紙妖流英文字母教學的大字報開始學習，看著她拿毛筆在描英文字母，我只覺臉上一陣抽啊抽，這是怎樣的中西合璧？不過看著她那認真學習的模樣，一個模糊的念頭在我腦中閃過。

跟紙妖相比，青燈其實更像一個純粹的妖者。

只關心妖，不解人事，單純，直來直往……一個非常傳統的妖，可是，卻無法融進這個社會，如果不是我的關係，即便她能夠正常卸下青燈之責，也肯定會跟過去一樣，對於人類這些事情完全不在乎吧。

娃娃好像也是這樣。

但這個世界已經到處都充滿人的氣息了。

一個普通而傳統的妖者，他們平常的生活會是怎樣的呢？是因為跟社會格格不入，所以不停的避居？還是像紙妖那般，只是單純地看著這一切然後默默存在著？

洛神花仙有提過，新生的妖已經越來越少了，這是令人難過卻又無奈的事實，繼續這樣下去的話，會不會在未來的某一天，妖道會徹底從人類的視野中消失？

這個想法一起，我只覺得心底一陣悶疼，會消失嗎？明明都是些樸實又單純的傢伙，只是遵照著一直以來的方式在過日子而已，為什麼不能一同生活下去呢？

嗯？一起生活？

我覺得我好像抓到了什麼重要的點，可這個點才剛冒出一個頭，就被打斷了。

『安慈公，』是青燈的聲音，聽起來有些羞赧，『這幾個字母的發音奴家看不懂，還請您幫忙解惑……』

「喔，哪幾個？」被打斷的念頭現在要想也想不起來，我乾脆把那些給放下，先替青燈解決問題，發現那幾個是些不太好用中文呈現的發音，像是K、Q、V……這類的，我一個個念過去讓她用自己的方式記下後，回頭到桌邊坐好。

青燈這麼認真，我也得一起努力才行。

趕緊研究障眼法才是正道！

於是我一頭栽進了爺爺的符道世界，並且努力在「阿囉哈～」跟「對面的小慈看過來！」還有「你還在看這一頁嗎？你還可以再靠近一點～」……等等神祕留言下保持一派平和的心。爺爺有云，穩定的心境有助於提升學習效率，雖然他留下的這些字跡完全就是反效果，但作為爺爺的孫子，要是這麼容易就被撩撥情緒，那我童年時期的各種血淚黑歷史豈不是白過了？

正所謂耐力是練出來的，耐性是磨出來的，耐心是操出來的，身為爺爺親手調教出的三耐人士，我對事情的忍受力跟接受度也算有一定水準了，這些令人爆青筋的留言剛開始還能給我一番震動，但現在……

有人常說三歲看一生，這話還是挺有道理的，至少在我身上體現得挺完美。

我非常淡定的掠過下一筆「小慈親現在都不理爺爺了，爺爺好傷心啊」的留言，一邊看著爺爺的參考範例，一邊努力地將阿祥、白鳳、藤壺之酒、仙魂……等等字詞暫時排出腦外，不這麼做的話，我怕自己又會陷入什麼死胡同裡——比方說他是他，他不是他這種太過哲學的問題。

在紙妖的幫助下，我很快就從範例裡找到我想要的符：「幻形符」。

這種符法維持的時間裡，可以讓一般人看到「我想讓他們看到的樣子」，隨著熟練度跟自身功力的提升，後期甚至連天仙也可以誆過去。看著紙上那則爺爺幻形成絕世大美女從一個好色仙家手中得到仙法一篇的範例，我心頭一陣無語。

爺爺，您的節操掉滿地就算了，還掉到天上去這樣真的可以嗎？

雖然爺爺在範例備註裡義憤填膺的表示他只是拿了被人吃豆腐後的應得賠償，但這例子我怎麼看都像是精心設計過的仙人跳啊，而且被跳的還真的是個仙……

……不要想了，想越多我就學得越慢！臉上身上還痛著呢！哪有時間跟爺爺吐槽？

重新振作心神，我努力忽視掉那個詭異範例，繼續看下去。其實這幻形符嚴格說起來也不是很難，當然要練到像爺爺那個程度那真的不容易，可如果只是要騙騙普通人的眼睛，那要求就簡單了不是一點半點。

很快的，我就開始了第一次試畫，青燈捧著書離開的時候有幫我留門，讓我隨時可以去紫竹屋那邊拿練習用的白符過來。這段日子裡牧花者將我之前練習時消耗掉的那些又統統補上了，看著那總是滿滿的櫃子，我既感動又心酸。

加油加油左安慈！

拿起兩疊符紙，我認真的給自己打氣，然後開始了一次又一次的失敗。多次的失敗沒有帶給我太大挫折，畢竟之前就有過類似的經驗了，畫歪那是家常便飯，畫到一半「熄火」更是司空見慣，所以就算幾次嘗試都畫不出個屁來我也沒多沮喪……

……好吧，其實沮喪也是有的，不過跟畫符失敗沒關係，而是跟畫符目的有關係。為啥爺爺畫出來的符都是往變美方向看齊，我的幻形符卻只能往豬頭靠攏？

都是白鳳的錯。再一次，我咬牙切齒的想著，然後在這股憤恨推動下，不知道休息、挑戰、休息、挑戰……這般反覆了幾回，我莫名其妙的突破了自己的一日最大張數上限：一口氣畫出了七張！

雖然當中只有第六張是完美成功——第七張因為火力不足成仁去了——但這不妨礙我的欣喜若狂，難道是月泉的加持？還是說這只是單純的有壓力有進步？不管是哪一種，都是值得開心的事情。

欣喜過後是一片疲憊上湧，我癱在月泉邊休息了好一陣才緩過來，在確定自己的精氣神重新恢復到飽滿狀態後，我才小心翼翼的照著說明，撕開那張唯一成功的符。

符的使用方式千奇百怪，有畫好就會自己飛出去的、有需要你扔出去的、有直接用貼的也有燒成灰之後再和水喝的，甚至還有要用一定方法摺好之後才會起作用的，而這張，則是要用撕的。

被撕開的符瞬間散成了碎片在我的身邊布出一圈光點，我雖然畫出了符卻不太懂運作的原理，只知道這些光點表示幻形法有在順利運作，所以是完全成功了？我期待的問：「怎麼樣？看起來如何？」

『以人子的標準來看，好一個豬頭。』紙妖給出了很中肯的評價。

『不要給妖看到的話，安慈公，您終於對稱了呢。』出來湊熱鬧的娃娃說得更中肯。

期待這兩個會說「恭喜你成功了」的我是笨蛋。

不過我也沒指望這符一成功就能達到能欺騙妖者目光的地步，能騙騙人也就行了，至於要練到騙妖的地步……等以後有需要再說吧，想到這，我繼續看起關於這張符的後續說明——

幻形符完成之後單憑符紙本身可以維持半小時的偽裝，如果願意持續供應力量的話，可以維持到偽裝者的力量耗盡為止。看到這，一條貼心備註跳了出來：

『小慈親啊，這種符是一項非常有效的鍛鍊，只要每天持之以恆的去維持它、習慣它，然後每一次都將自己的力量耗個乾乾淨淨，久而久之……你會得到好處的，再說一次，信爺爺有肉——』

——後面的廢話被我直接蓋掉省略，反正不是什麼重要的東西。

接下來的時間就在練習中度過了，一口吃不成胖子，半路起跑還想跟上大部隊的就得多花點力氣才行。幸好這邊沒有什麼時間感，同樣的時間你可以說它是三分鐘也能說它是三小時，神奇而強大，讓我無數次在心底吶喊著「偉哉精神時光屋」……

因為要多製作幾張備用的關係，我主動散掉了身上的符法，接著就昏天暗地的一路畫下去，心火耗光了就睡，睡醒了就畫。當我把取來的白符全部消耗殆盡時，我才發現青燈回來了，就蹲坐在門口那邊，像怕打擾到我似地低頭靜靜看著書，一雙煙袖放在紙鍵盤上移動，似乎在努力記憶那些鍵盤位置。

看來她學得很不錯，都已經到記鍵位這階段了。

而我也差不多了。

算著手中符紙的數量，我嘆了嘆，「該面對的還是得面對啊……」埋頭畫符的時候，因為暫時把其他事情都拋開的關係，累歸累但心情卻是輕鬆的。如果青燈沒有回來的話，我本來還打算找出爺爺來往彼岸人間的方法繼續研究下去。

這是很矛盾的心情，頂著一身傷在這邊拚死拚活的用心火畫符可不是什麼美妙的事，誇張點要說成虐體虐心都行了；但我卻有些捨不得脫離這樣的狀態，哪怕只能讓我的腦袋再多出一秒鐘的時間可以不去想東想西，我也願意。

『安慈公，男子漢大丈夫，您要成為能頂天立地的好男兒喔。』突然，紙妖有些莫名的顯出了這串字，讓我心底一震。我低頭看了看自己的雙手，耳邊彷彿響起了爺爺說過的話。

扯了網拉了線，就要負責到底，撒手不管可是不行的。

小慈啊，你要成為一個可以撐得起那些網的人。

我握起拳，想起了自己喝掉的那杯茶，心裡一陣無奈，在感受到這份無奈的同時，我整個人僵硬了一下。仔細想想，我好像一直都被這些無奈推著走，不管是接杖、渡妖、除妖一直到現在的遇魔，總是隨波逐流的被動接受……繼續這樣下去，真能成為一個撐得起網的人嗎？

我到底想做什麼？

看著自己握起來的拳，我有些恍惚，之前看到青燈努力學英文的時候閃過的想法又一次在我腦中跑過。學習人類文化的妖跟學習符法手段的我，畫面看上去有些怪，卻出乎意料的和諧。

腦中映著那個畫面，我突然就想起了自己畫出來的第一張符，那個「道」字，先不提自己想走、將要走什麼樣的路，總是被人推著走算什麼事？我的道，我的路，如果不自己主動走過去的話……

『……安慈公？』此時鏡妖娃娃的聲音小心的響起，帶著藏不住的關切，『您怎麼了嗎？』

我愣愣地看向鏡中，娃娃的眼裡有著掩不住的擔憂。紙妖很難得的掛在一旁沒搗亂，門邊的青燈因為過於專注加上娃娃的聲音很小的關係，沒注意到這邊的動靜。

我笑了笑，「沒什麼。」只是好像想通了什麼，我心道。然後著手收拾那些畫成功的符，收好之後清點了下。點完之後覺得果然是理想很美好，現實很殘酷，「居然還不到三十張……」我可是畫光了整整兩疊的白符耶，這成功率也低得太可悲了點。

不過，反正我也不打算一直出現在人前，在臉消腫之前這些應該是夠用的。想到這裡，我把惶惶的心放回肚子裡，將符好好地收起。

「我們走吧。」撈起掌鏡，將整理好的符塞進包包，我來到竹門邊對青燈說。

『今日這般便要走了嗎？』青燈有些驚訝。

「嗯，」看來我賴在彼岸的前科太令人印象深刻，居然連青燈都問出這種問題，該好好反省下了，「要學的符已經弄好了，等等出去買個早餐擦個藥什麼的就去跟教授請假，然後就該開始找妳之前說的那個藤壺之酒了。」

說到這，「紙妖，娃娃，你們知道藤壺君嗎？」

『不知道，那是很偉大的人物嗎？』娃娃很乾脆的搖頭，儘管這是在預料之中，我還是有些失望。可我還沒來得及將失望的情緒寫上臉，紙妖就帶來了驚喜。

『知道，』紙妖寫：『在書上看過記載，藤妖的分支，長於釀酒，那是他們族主的頭銜。』很難得的正經字體，沒有花邊也沒有放大加粗，一瞬間我不知道該不習慣還是該感嘆吾家有紙初長成。

「你有他們的線索嗎？比方說這類妖族一般在哪裡隱居之類的？」

『沒有耶，不過可以讓其他道友幫忙問問，安慈公找藤壺君要做什麼？酒後開車是要不得的，酒後亂性那更是——』

「——我沒有要開車，」火速掐斷紙妖的長篇大論，娃娃還在旁邊看呢，紙妖你就不能小心點嗎？「我想跟對方要一些……」呃，這樣說好像不太禮貌，活像人家欠我似的，我頓了頓，重新選了詞彙，「我想跟對方求取一些藤壺之酒，嗯，醒魂用。」

『啊，是為了祥爺？』紙妖很快就知道我的用意，『安慈公真要幫白鳳大大呀？』

……為什麼連你也開始叫白鳳「大大」？

本來，我下意識就要說我是情非得已，不幫就會沒命，但這話才剛上心頭我就愣住了。

又來了。

我又習慣性的把自己的決定往「逼不得已」上頭推，這個發現讓我握緊了拳，如果沒有性命威脅，那我還會維持初衷想要找到藤壺之酒嗎？回想起昨天看到的那些回憶畫面，白狐那哀傷絕望而後入魔的模樣，我想，我的答案是肯定的。

既然這樣，我就不該繼續把這份心思建立在無奈的基礎上，這壞習慣，得改。

「是的，我想，我想幫白鳳完成她的執著，叫醒雪林，讓她找到答案。」改變就要從當下開始，這話說出來，我覺得心情輕鬆多了，「你有什麼線索嗎？」

『線索是沒有，但小生有朋友！』紙妖一個鯉魚打挺的跳起來，『安慈公莫小覷了小生的情報網！只要有紙張的地方就有小生的眼線，等出去之後就讓您瞧瞧小生的能量！』

紙妖寫得一副霸氣無雙的樣子，娃娃在這樣的激昂帶動下也怯怯地冒出頭，『那個，雖然有些不太明白，不過如果是要找什麼東西的話，娃娃也可以幫忙。』

「謝謝，」看著兩妖的表態，我心下一陣感動，但一想到白鳳只給三天時間，我又忍不住一陣沉重，「希望來得及啊……青燈？」

『……事情會好的，請安慈公寬心。』將紙鍵盤跟嘸蝦米輸入法的教學手冊收入袖底，青燈淺淺一笑，『現下是否該前去同牧花者大人拜別？』

「那是自然。」我有樣學樣的說，回給青燈一個笑容，心底有種鬆了口氣的感覺。看來青燈也想開，不再覺得自己一無是處了，這樣很好，我們都有所改變，也許幅度不大，但至少有在往前。

然後我們離開了月泉，來到花海一側牧花者彈唱的地方，靜靜地聆聽了好一會兒的琴音，我們沒有上前，牧花者就沒有停下他的歌，只是一首首地唱下去。

總是那麼的善解人意。

為什麼他會知道我現在比起離開的拜別，更希望多聽幾首曲子呢？

聽著一曲接一曲的悠揚，我止不住嘆息，有種全身上下都被洗滌的感覺。我就這樣傻站著一路聽下去，連牧花者什麼時候停下了歌開始替琴換上新弦都不知道。

「找到路了嗎。」手上替換著琴弦，背對著我的牧花者輕輕地問道，將我從沉澱中喚醒。

「好像找到，又好像沒找到……總之，好歹是開始走了，」我不太好意思的搔搔頭，看著牧花者那令人心安的背影，「勞您費心了，啊，對了！」

「嗯？」

「請問，您可知道藤壺君？」

「知道，不過……」沒有回頭，牧花者只是暫停了手中打理琴弦的動作回道。這讓我有些訝異，因為除了領路這種情況之外，他很少會這樣一直背對人說話的，「孤對外界涉入不深，所以你想要的答案，孤無法給你，實在抱歉。」

「沒沒沒，是我這邊唐突了才是！」也是，牧花者長年待在彼岸，就算出去抓捕罪魂也不會在那邊待太久，跟他打聽藤壺君的下落那肯定是沒有的。慘，我這是不是有點哪壺不開提哪壺的味道啊？

有些侷促的望著牧花者的背影，就在我覺得自己應該說點什麼來補救一下現場氣氛時，牧花者開口了。

「雖說無法給你答案，但若真的尋不著，有個方法你或可一試。」

方法？「請務必告訴我！」對現在的我來說，任何方法都值得嘗試。

接收到我的急切，牧花者先是停頓了一下，才開口說：「左墨很厲害，識字，懂算。」

「嗯？」怎麼突然轉到這裡？聽到這猶如天外飛來一筆的話，我有些愣住，還有，這是哪門子的厲害？我也識字懂算啊，而且比爺爺多會了英文跟微積分。

彷彿知道我心裡的嘀咕，牧花者搖搖頭，「不是世俗之間的文字算數，左墨所識的字，乃是有力量的字，如今的你也算是習得了些許皮毛，該是明白的。」

「啊……」我知道了，是字符，「那懂算是……？」

「天機。」

……好一個威武霸氣的技能，這一瞬間我的腦海閃過的是爺爺扛著一張大旗的畫面，而在大旗上有四個龍飛鳳舞的字叫做「鐵口直斷」。

我從來都不知道爺爺居然還有當算命仙的潛力，不過，「您的意思，讓我學爺爺那樣，試著去推算天機？」把藤壺君的所在地算出來？

「若你有這方面的天分，那確實可以這麼做，」牧花者沉吟了下，「倘若學不來也無妨，卜算一事本就玄妙，並非努力即可習得的，只是當真的毫無線索之時，往這個方向去找，也許可以得到驚喜也不一定。」

這是死馬當活馬醫的意思嗎？

「謝謝，到時候我會試試看的，」反正試試又不用錢，而且牧花者的建議總是很有用，說不定真的能找到什麼突破口呢，想到這裡，我鬼使神差的問了一句：「您對藤壺之酒有什麼看法？」

「……此話何意？」沉默了一會後，牧花者說，筆挺的背襯著長髮如瀑，我第一次知道原來人的背影也可以這麼風華絕代。

「就是對醒魂這種事……」雖說是脫口而出的問題，但在真的問出口後，我才發覺其實我對於牧花者的看法是有些好奇的，「在您看來，只要靈魂相同那便是同一人嗎？」

語出，牧花者微微一顫，手上有意無意地拂過已經搭上的弦，發出了幾聲琴鳴。

「是的，」良久，他才回答，「孤以為，持有同樣的靈魂，那便是同一人了。」

「這、這樣啊……」跟我是相反意見呢，我不免尷尬的抓抓頭，這樣算不算弄巧成拙轉錯話題？

「這只是孤的想法，你毋須在意，」像是察覺了我的尷尬，牧花者柔和的補充，「在這方面，你與左墨倒是相似得緊。」

「爺爺？」

「是啊……」似惋惜又似喟嘆，因為牧花者一直背對著沒轉過身，所以我不知道他現在的臉上是否還是那樣的笑，只覺得這份嘆息裡藏了幾分傷感，「左墨曾言，這世間只會有一個左墨，哪怕他有能耐在輪迴之後再度出現於孤之身前，那也不再是他。就算他能回想起過往的一切，那也不會是孤所認識的那位左墨了。」

「對於這番言論，孤至今依舊不解，明明是同一個靈魂，為何卻說不是同一個人呢，」牧花者的聲音很罕有的帶著淡淡的困惑，對他來說好像連有沒有本來的記憶都不要緊，只是靈魂是同一個那便是同一個了，「不過，孤尊重左墨的選擇。」

啊？「什麼選擇？」我有些一頭霧水，不就是一個關於靈魂的想法嗎，怎麼還扯了個選擇出來？

「即便是半妖，死後，原也是入冥府的，」牧花者輕聲嘆道，「人子有人子的輪迴，妖者有妖者的歸處，左墨捨了輪迴，選擇了妖之歸……孤原本想著，若他能輪迴，興許哪天孤還能再見到他，卻不料是這樣的結果。」

他說的有些憂傷，而我也不敢去揣測他現在的面容，只覺得光聽那樣的聲音自己的心就跟著揪緊了，要是再看到那總是笑著的臉上掛上了傷懷……我今天大概就不用過了。

看來爺爺當年決定身後事的時候，是有跟牧花者稍微討論過的，聽這感覺，牧花者應該是希望爺爺可以走一般人的路，畢竟爺爺稀奇古怪的手段多了去，重生之後再跟他當一回朋友想來不是什麼太困難的事，可惜爺爺的選擇絕了這條路……

……嗯？等一下。

我仔細研究了牧花者方才的說詞，從中抓住了一個之前都不曾注意過的點，「妖，難道不輪迴的嗎？」那個歸處難道不是一個可以忘去前塵重新投胎的地方？

牧花者又是一頓沉默，這種壓抑的氣氛搞得我有些神經緊繃，也不知道過了多久，我才見他緩緩搖頭，聲音輕柔地道：

「孤先送你們出去吧，不是還有事情要做嗎？」然後他站起了身，迴避了這個話題。

人家都已經這樣表態了，我也沒好意思追問，只能乖乖跟著牧花者的腳步，讓他將我們領到月泉開道，這途中牧花者一直沒讓我瞧到他的臉——刻意去看這種事我可不敢——所以一直到我們來到鏡世界那側，我老樣子的對著通道口揮手道別時，我也只看到一個彷彿承載了無數寂寥的背影，還有宛若嘆息的琴鳴。

「萬事小心。」

在琴聲中，牧花者遞送來的話語有如歌吟，然後畫面破碎。

一朝擇道　千里行途

既擇且行　既行且觀

青燈・之三　曲直

道為直　路則常曲
人生存於曲直之間
引彎為直　因直而彎

在頂著偽裝去找教授的一路上，我整個人很心不在焉，如果不是因為早上人很少的關係，我在前往辦公室的途中肯定會撞到不少人。

牧花者的情緒讓人不得不在意，這是我第一次看見他這麼明顯地表露出自己的憂傷……呃，其實也不能說很明顯，只給人看個背影這樣的行為應該算是含蓄了，但是對牧花者這樣喜怒不形於色的人來說，這行為實在罕見。

我本來真的以為，他會一直那樣笑著的。

『安慈公，』迷你青燈像引路的螢火蟲一樣飛在我面前，『奴家雖不甚明白，但……應該不是您的錯……』

「我知道，只是有點介意。」

但，介意了又能怎樣呢？爺爺早就不在了，餘下的也只能緬懷，至於歸處那邊到底有沒有輪迴這檔子事……「青燈，那個歸處到底是什麼地方？」都已經接杖一段時間了，我居然到現在才想到這個問題。

『這……奴家不懂您的意思，歸處就是歸處呀……』青燈有些莫名。

「不是，我的意思是，妖者們離世之後去到那邊，難道不是為了替下一段新生做準備？」

『什麼新生？』青燈的眼睛在發呆，『歸去便是歸去了，何來新生之言？』

「……你們不輪迴轉世的嗎？」難道就這樣一直停留在歸處那邊？這麼多年下來這麼多的亡妖，只進不出的，歸處就算再大也裝不下吧，不覺得很擠嗎？我忍不住往往這方面想。

『妖者之魂，從一而終，僅此一回，』青燈試著解釋，『妖者的歸處與人子不同，那是長眠之地，是安息之地，既為安眠，又何來下一世之說？』

她這麼說著，而我心底某個柔軟的地方又被狠狠地撞了一下，「原來，你們沒有輪迴啊……」

『是的，歸處就是最後的終點，若要說重生……』她歪著頭思考了下，『最多，也就是像紙爺那樣的狀況。』

得青火而重生，但那是特例，跟輪迴不能比。

「我知道了。」有些沉重的說，不知為何，我覺得心情有些悶，想到妖者們就是這樣默默地誕生，悄悄地在人們不知道的角落存在，最後又靜靜地逝去……明明是僅此一回的妖生，應該可以活得更快樂、更自由自在才是……

『安慈公？』

「沒事，我們走吧，爭取速戰速決！」

將這事暫時壓下不想，我收拾心情挨個拜訪了下午那幾堂課的負責教授的辦公室，用幻形符整出來的完美豬頭臉順利請到假，然後又跑去找昨天錯過小考的擔當教授表達強烈希望能補考的意願。有醫院開的單外加臉上的既定事實，一整圈跑下來基本上是全部綠燈。

這樣的馬不停蹄讓我心頭的鬱悶減了很多，而且一趟跑完後，突然就覺得這一跤摔得還挺划算。除去身體傷痛不看的話，真是個不錯的逃課金牌，還有同情分，很好很強大。

處理完課堂上的東西，我戴著大口罩就準備去買早餐拎回宿舍，可腳才剛踏出教學大樓，遠遠就看到一個很眼熟的人影走過來，讓我立刻轉方向繞遠路遁走。

『安慈公，去買早餐不是這個方向吧？』紙妖冒頭，『這樣繞路會被更多人看到的。』

這我也知道，可前方有班代出沒，就這麼直接走過去我怕偽裝會穿幫啊！瞪著飄浮在我周遭的那些細碎符紙，我非常懷疑它們能不能瞞過陰陽眼——哪怕只是雙不太好使的陰陽眼——保險起見，繞道為上！

「先別說這個，有沒有什麼關於藤壺君的線索可以說給我聽聽的？」我一邊小跑地往早餐店方向前進，一邊低聲問著紙妖跟娃娃。

『娃娃才剛聯絡完幾個道友，還沒有回音呢……』有些抱歉的聲音。

「沒什麼，是我太急了。」

『+1，小生才剛發出訊息不久，目前手邊只有一些關於藤壺君的記載，安慈公要不要？』

「要！」知己知彼百戰百勝，就算沒有人家的下落，也可以先搞清楚對方是什麼人，這樣到時候要談判也有個底。

紙妖飛快地往我的包裡噴紙，開始努力整理起「藤壺君報告書」。我不知道這傢伙又要浪費我多少搭波A，只知道當我買完早餐提起包包想走，我的背包已經重到靠北邊走的程度——裡面滿滿的全是紙！而且還在繼續增加！這個發現讓我驚恐的阻止了紙妖繼續印下去的行為。

「搞什麼鬼啊你？」我低聲罵道，扛起那異常沉重的背包，我懷疑我聽到了背帶傳來了哀鳴，「你是把人家祖宗十八代都翻出來了嗎？怎麼這麼重？」把我書架上厚度排名前兩名的原文書加起來也沒這麼重啊！

『安慈公太小看小生了，』玻璃紙再現，紙妖大剌剌地飄到我面前替自己伸冤，『什麼祖宗十八代，小生可是將那支藤妖從起源到現在的所有相關記載全都挖出來了，分支旁支半妖家系只要有記錄到的統統有！現在還印不到一半呢！』

別印了，我求你。

瞪著眼前這張比上次還要更薄更透明的玻璃紙，如果不是上面有字的話我還真發現不了這張紙的存在。看來紙妖的透明紙研究不但沒有放下，還取得了長足的進展，搭配那特製的隱形墨水，在普通人面前也許真能達到書寫於無形的地步……（再次逃避）

扛著包包拎著早餐，我返回宿舍的第一件事就是拿起打火機逼著紙妖將那堆「藤壺君報告書」進行篩選，並且在紙妖企圖使用新紙張謄寫的瞬間用力按下打火機的齒輪，空氣中嚓地迸出了一絲火花。

「你再浪費試試看？」我陰沉的說。

『安慈公好凶……』三級字體，附帶溼紙巾效果。

「我只要這一代的藤壺君的資料……呃，如果有跟他關係密切的親族資料也先保留，」想了解一個人就不能光看個人，他接觸的人也很重要，至於除了血緣之外八竿子打不著的祖宗就算了，「然後給幾個重大事件還有大略的介紹就好。」

『喔……』二級字體，如果不是娃娃幫忙放大我可能不會發現。

「記得把騰出來的空白紙張歸位，這應該不用我說吧？」我瞇著眼看著紙妖，確認它很老實的照做後，我先順手把阿祥的飲料塞進冰箱，接著打開了電腦開始吃早餐，「青燈，妳來用用看，先跟妳解說一下大概，這個是開機鍵，這個就是鍵盤，然後這個叫滑鼠——」

『——鼠?!』沒等我繼續說明液晶螢幕，本來已經靠過來的青燈以來時的三倍速退開，『那是老鼠？』臉上滿滿警戒。

看起來不像害怕的樣子，反而像是遇到了賊。

「不是老鼠，是滑鼠，這是一種工具，是、是……」我有些苦惱的將滑鼠拿起來，深深感到解釋這種事情實在是一種技術活，「總之這不是活物，只是科技產品，因為這個接線很像老鼠尾巴才這麼命名的，怎麼妳很討厭老鼠嗎？反應這麼大？」

『部分燈者是不喜鼠類的，奴家正好是那部分之一……』像是知道自己誤會了什麼，青燈訕訕地重新靠過來，好奇的盯著我手中的滑鼠看。

「燈者不喜歡老鼠？」這我還是第一次聽到，「為什麼？」

『因為牠們會偷吃燈油……』瘪嘴，青燈嚴肅又認真。

偷吃燈油？所以妳的原形是那種需要燈油的燈嗎？

我腦中在這個瞬間閃過了一個很多人都能朗朗上口的段子：小老鼠～上燈臺～偷油吃～下不來……

無意間揭開了一點青燈原形的面紗，這算是意外收穫吧，我這麼想，然後打散腦中不停迴放的旋律，繼續跟青燈講解電腦的常用硬體，教她該怎麼開啟關閉，還有幾個最簡單的操作使用比方說程式怎麼點開耳機怎麼戴，接著就打開文字檔案讓她練習打字去了。

至於我呢，自然是坐到隔壁位置上邊看紙妖謄好的「藤壺君報告書」邊吃早餐，距離阿祥起床還有一點時間，在那之前我可以愛坐哪就坐哪。

「先讓我看看這位藤壺君是怎樣的妖……」感受著在場人人有事做的氛圍，我也多出了不少幹勁，從紙妖那邊拿起一疊紙看了起來，才看第一行，我嘴裡的飯糰差點噎在喉嚨裡造成命案。

上頭是這麼寫的——

——當代藤壺君，乃截至目前為止唯一以半妖之軀取得「藤壺君」頭銜者。

「半、半妖?!」

抓起豆漿一陣牛飲，好不容易才將食物吞下去，忽略了食道傳來的不適感，我錯愕地看著這個情報，「沒搞錯吧？」半妖？這支藤妖真的很開明啊，居然願意讓半妖得到族主位置，還真是一心撲在釀酒上了。為了平復情緒，我咬著吸管用力吸了幾口豆漿，可在我看到第二行的時候，我就知道這個舉動有多愚蠢。

第二行的內容這麼寫著——

——取得頭銜後，原為半妖的藤壺君遭有心人士追尋迫害，當中過程乃人間之事，妖者不便過問，只知此事過後，藤壺君便以祕法成就了妖身，隨及以躲避世俗紛擾為由，就此隱匿於世，不知所蹤。

咳咳咳咳咳！

我口中的豆漿嗆了出來，咳得我滿臉通紅。

『安慈公好噁心，都從鼻子噴出來了，差評。』紙妖滿紙張的嫌棄浮水印。

這是哪門子的差評？難道從嘴巴噴出來就是好評了嗎！

我狼狽的拿起衛生紙整理儀容，有些不敢置信的看著手中的情報，「這是真的？半妖真的可以變成妖？」

『……理論上來說，可以。』紙妖慢吞吞地寫道，好像不是很願意告訴我。我轉頭看向青燈……她戴起耳機不知道在聽什麼，手上緩慢而認真的練習打字，暫時聽不到我的問題。

「為什麼要說理論上？」我揚了揚手中的紙張，「不是已經有實際案例了嗎？」

『因為那要花很大代價的……怎麼寫才好呢……』紙上出現了一大堆點點點，完全能感受到紙妖不想寫出來的情緒，『方法一直都有，只是真用了那個方法的，大多會被人類那邊排斥……噢，其實有些妖也不是很喜歡啦，不過那畢竟是半妖們的事，妖者也不好說什麼……』

「所以到底是……？」

『聽說……小生也只是聽說喔，』紙妖很謹慎的提出了事先聲明，『那種祕法要利用大量的同族半妖，取他們的妖屬精血進行換血煉身，而且還不一定成。』

「被取走精血會怎樣？」我有種不太妙的感覺。

『當然就死了，哪個人被這麼取血之後還能活呀？還是精血呢，就算是半妖也挺不住啊。』紙妖用一種「這人真沒常識」的語氣寫道，而我則是寒氣大冒。

不是吧。

先來一個神經病瘋子兼抖M的白鳳，現在又來一個有殺人狂屬性的藤壺君嗎？我瞪著手上的紙，一時間只覺得腦袋一片空白，前途一片黑暗，同時附帶了全身僵硬的效果。

紙妖還在那邊很沒神經的繼續寫。

『沒人知道這種祕法需要多少半妖，少了肯定不行，多了也未必能成，因為過程太過血腥加上失敗會更慘，所以一般沒人會去試的，這祕法也就一直停在理論上，後來才被這位藤壺君給實際了一把，嗯，這是什麼時候的事呢？距離現在好像有些年頭了，即便以妖者的眼光來看，這位也不算年輕了呢，雖說植物妖者大都長生，但以半妖為基礎能走這麼遠，實在了不起，小生佩服！』

重點不在年不年輕，而在那些人命吧，還有什麼叫更慘？再慘能慘過一個死字嗎？我有些好奇，但這種事情總覺得知道得太詳細會因為驚嚇而短命，為了我的身心健康著想，這份好奇還是跟早餐一起消化掉比較好。

「這上頭說的那些有心人士，該不會是他的同族吧？」我彈了彈紙上第二行的部分，大膽的猜測著，得到頭銜之後就出事，難道是傳說中的宅門？

『不是，』意外的否定，紙妖扭啊扭的把整理好的第二疊A4送過來，『這邊，最後幾頁就是了，說起來人類的思考方向真是奇怪，小生實在無法理解，嗯，還是當一張紙比較好！』它這麼寫著，然後灑著紙花飛走了。

我猶豫了半晌才把紙妖送來的紙拿起來看，翻到它所說的地方後，我只覺一陣無語。

得，居然是一樁追求長生不老引發的血案，從某方面來看還真是喜聞樂見，不過這傢伙誰？只標了個幽州節度使誰知道啊，在妖怪眼裡人類的官銜難道比名字還優先嗎？而且後面還附註唐末宋初……這個，難道是五代十國那時候？身為第三類組的人，我的歷史幾乎還給老師了，只剩下這些年代還記得。

五代十國，那可是個亂世呢，藤壺君是這麼久以前的人啊？可一般來說古時候追求長生不都是吃金丹嗎？這傢伙去找藤壺君他們家族的麻煩做啥，難不成有人說藤壺酒喝下去能長生不老？

這種話也信，腦子被驢踢了吧。

先繼續看下去。

一開始被這傢伙找上的其實是藤壺君他爹，似乎是聽到傳聞說什麼藤壺酒能生死人肉白骨，所以要來討……這也太誇張，藤壺之酒醒萬物這點的確很強大，但把死人喚醒跟讓人死而復生是兩碼子事啊，要真有這種復活效果，還要醫生做什麼？大家都去喝酒就好了。

往下我越看越皺眉，在看完這段備註後，我立刻收回了之前在心裡給藤壺君貼上的殺人狂屬性標籤，請容我在此慎重更正，他根本不是什麼殺人狂，而是很悲慘的炮灰……

「無妄之災啊……」

雖然過程沒有明說，但這很明顯就是被人抄家滅族，然後在血流成河的情況下引動了祕法成妖，接著這種祕法又不知道被什麼人傳成是可以長生不老的法術，於是藤壺君又繼續被追殺……這什麼跟什麼啊，難怪他要躲了，都演變成這樣了還不跑的是笨蛋。

「是說，都被這樣迫害了，這個藤壺酒在當時應該也出名了一回，那為啥歷史上從來沒有相關的記錄？」聽都沒聽過，反而是道術丹術煉金術什麼的很多。

『被和諧了唄，人子們的史書總是這樣的，』紙妖用一副理所當然的筆觸寫著，『不管是好事情還壞事情都會揀著寫，有時候只挑好的，有時候只寫壞的，有些時候明明是好的卻要寫成壞的，更多時候明明是壞的卻非得寫成好的或者乾脆不寫了……

亂七八糟，好多地方都不老實，換做小生來寫的話才不會這樣，該什麼就是什麼，這樣才是史書嘛！』

紙妖很難得的憤慨起來，筆鋒上有著首次見到的銳利。

對此，我還真是無言以對。

歷史本來就是人寫的，與其說它是真實，不如說它是「當時的掌權者想讓後世知道的真實」，所以紙妖這番話我還真反駁不了，不過，「也沒你寫的那麼糟，那些歷史基本上都是對的，至少一些大事件啊什麼的都能對得上號……」弱弱的辯護。

紙妖沒反應，把自己捲成一團之後滾到一旁去開始耍自閉，見狀，我也只能摸摸鼻子把這份寫著備註的資料暫時放下，重新看起藤壺君的生平。

說真的，我覺得他有點慘，如果真的找到了他，我有點不知道自己該用什麼面目去面對才好。

我想他從來沒有想過，自己只是釀個酒而已，居然就這樣釀成了滅族之禍，在家破人亡之時，他有沒有怨恨過釀出藤壺之酒的自己呢？明明只想釀出好酒的……而之後的一味隱世，又是怎樣的心情？

再往下看。

藤壺君在隱世的日子裡，曾經有過幾次被找到的傳聞，之所以說那是傳聞，是因為沒人能確定這事的真假，而發生傳聞的地方都是些深山野林，除了人煙罕至之外，最大的共通性就是富含各式土產，以釀酒的觀點來看，就是各種原料產地。

「的確可以從這方向去找。」我頗為認同的點頭，以這支藤妖的天性，就算隱居了也還是會想著釀酒吧？在不方便光明正大的對外採買原料的情況下，想辦法自給自足是很合理的，只是……釀酒還需要很多其他東西吧，如果真的躲去這種荒山野嶺，那些鍋碗瓢盆器具啥的要是壞了怎辦？

難道自己做？這樣也太有才。

我胡思亂想著，然後一行有點八卦的東西映入眼簾。

——藤壺君在尚未遭逢劇變之前，有一人類妻子，在家門遭血洗後與藤壺君一起失蹤，其妻也是該次事件的唯一倖存者。

「夫唱婦隨嗎？不過就算當時還活著，後來也肯定死了吧……」人是沒辦法活那麼久的，只是，從藤壺君跟她一起不見這點看來，這對夫妻感情應該很不錯，在妻子過世的時候，藤壺君不知道有多難過呢。

糟糕，開始同情起他來了，這種情緒對他來說應該很失禮吧，之後如果見到人，可千萬不能表現出來，只是……

「……見到之前總得先找到啊……」將紙蓋在臉上，我有些自暴自棄的隨口唱了起來，「在哪裡～在哪裡～不要隱藏你自己……」

「要高興～要歡喜～愛神已經找到你～」有個迷迷糊糊的聲音接著唱了下去，帶著剛睡醒的朦朧跟可怕的走音，「安慈，你暴露年齡了……」

阿祥醒了。

這一瞬間我無比慶幸自己在巧合之下用紙遮住了臉，紙妖很機靈的在阿祥出聲的同時就飛到螢幕上變成便利貼給青燈打暗號，這讓我忍不住要給紙妖一個讚。老實說要是讓某人看到一個騰空的耳機跟正在自動打字的鍵盤，我真的不知道該怎麼解釋。

不著痕跡的掏出另一張幻形符撕掉，確定偽裝開始運作後，我將手上的紙放下，看向傻坐在床上頂著一頭雞窩頭的阿祥，「有啥好暴露的，我跟你同年好不好？」

「愛神～～愛神～～」沒理會我的吐槽，阿祥很欠扁的拉起長音開唱，直到我將他椅子上的背靠枕砸過去才住嘴。

「幫你買了蛋餅，飲料在冰箱。」

「謝了，」依舊迷糊，阿祥又磨蹭了半天才肯下床，抱著他的背靠枕，他突然傻笑的看著我，「欸安慈，我又作夢了耶。」

這個發言讓我有些緊繃，「又夢到那個大狐狸了嗎？」白鳳同學妳也太陰魂不散。

「什麼狐狸？我上次夢到的明明是狗。」阿祥一臉莫名。

「……隨便啦，你又夢到牠了？」

「沒，這次沒有狗、沒有道士也沒有你，不過有個跟你長得很像的傢伙，」抓著頭，阿祥努力想著形容詞，「第一眼看過去還以為是你，可看第二眼就知道不是了，畫風不對，他長得比較國畫。」

……什麼叫長得比較國畫？難道我長得比較水彩嗎？「麻煩說中文。」

「唉唷，不會講耶，反正這不是重點，」將背靠枕遞給我放回原位，阿祥隨手開了自己的電腦，「我覺得我最近可能是仙俠修真的小說看太多了，才會這樣日有所思夜有所夢。你知道嗎？那個跟你長得很像的人啊，身邊飛著一堆看起來好像很厲害的符，然後刷刷刷地我就突然跑到一個超漂亮的地方了。」

他興致高昂的說著，臉上帶著夢幻跟嚮往，抬腳開始往浴室走去。

「那裡真的超美的喔，跟什麼國家公園比都不會輸，噢對，裡頭還有個穿古裝的男人，長得很好看，一個人坐在裡頭喝酒。」他一邊說，一邊走進了浴室將門關上，隔著門的聲音聽起來有些遠，「安慈我跟你說，那酒聞起來好香啊，可惜我才剛湊過去就醒了，要是能在夢裡喝上一口就好了……」

他不無惋惜的說，而我則是又一次被震驚到了，有鑒於最近震驚的次數實在太多，我現在對這兩個字已經有一定的抗性，完全能做到心底驚濤駭浪、表面風平浪靜的程度。

喝酒的男人，一個環境媲美國家公園的地方，兩個條件加起來，那個男人的頭上只差沒標著「藤壺君」三個字了。

這夢……是雪林在幫忙嗎？是想給我提示？可雪林的仙魂明明還沒醒啊，僅僅只是存在就能夠發揮影響嗎？就像之前的那場把我也一起扯進去的夢？

「難道，他也想跟白鳳談談？」所以才用這種像是託夢一樣的方式在幫忙？可這夢想傳達什麼？就算是想指引我找到藤壺君，只顯示出一個世外桃源誰知道在哪裡。

滿滿的問號在我頭上飛舞，等阿祥從浴室洗漱完畢出來後，我回到自己的座位上硬著頭皮跟他追問了那場夢的詳細內容，得到了令人氣急敗壞的兩個字。

「忘了。」他眨著無辜的眼這麼說，對此，我胸中那口氣真不知道是要吐出來還是要憋回去。

「……既然忘了，那就算了吧，我只是有點好奇而已。」

「哇！原來你這麼關心我，」阿祥大受感動，「好，以後我每一個夢都跟你說！嘿唷嘿唷～交換夢想的夥伴唷～」後半句是意味不明的詭異曲調，因為有繼續唱下去的趨勢，我果斷戴起耳機屏蔽之。

「下午的課我請好假了，不用喊我上課。」

「喔。」阿祥很隨意的點頭，開始用番茄醬在蛋餅上畫愛心，這行為引來了紙妖的仿效，一時間我的螢幕上充滿了畫有各式各樣愛心的便利貼，當真是刺眼有之，鬧心有之。

青燈意猶未盡的飄在一邊看著電腦，剛才那點時間她只試著打了幾行字而已，新鮮勁還沒過呢，但是因為阿祥在，現在也不好讓她光明正大的使用，看著那幾行明顯從嘸蝦米輸入法那本書照著打上去的字，一個疑問飛上心頭。

換做以前，青燈現在一定是卯起來幫我尋找藤壺酒的下落，而不是像這樣有點悠哉的看著我的電腦，這種前後落差讓我感到有點奇怪，於是我很委婉的將這份疑問打到了電腦上，青燈則是很快的回答：

『因為這是前輩給您的考驗，只要不是到了危急生命安全的程度，奴家就只該在一旁看著，這樣安慈公得到的評價才會高。』

語出，我在心底偷偷地將那個紗帽女怨上一百遍。

雖然很想跟青燈說：人多力量大，妖多情報廣，只要能順利解決這件事，我不在意評價高不高……可這種話說出來大概會被青燈從頭到腳的進行教育指導，為了我耳朵的清靜跟心靈的安寧，我還是別說比較好。

將青燈剛剛練習打出來的那些字給刪掉，我翻閱著手中的資料，然後又斷斷續續地從紙妖跟娃娃那邊收到了一些「聽說」跟「好像」，我就這樣一路晃完中餐接著看著阿祥去上課。進展呢，就是沒進展，唯一比較靠譜一點的線索居然是早上阿祥說的夢。

畢竟有過上一次一起作夢的經驗，所以我覺得這個夢是具有一定可性度的……嗯，至少比各式各樣的「聽說」跟「好像」要來得有根據，而且也很符合猜測。

只是，山野林間啊……世界上當得起世外桃源這四個字的地方多了去，而且我不認為藤壺君他會躲在知名的觀光景地，那肯定是個不為人知的地方，至於在夢裡出現的那個被阿祥說比較國畫的傢伙，長得跟我很像加上身邊有符飛舞……

……是爺爺嗎？

這種形容怎麼看都是年輕版的爺爺，但這是什麼意思？難道這是在暗指爺爺以前曾跟藤壺君接觸過？嗯，爺爺的確是認識很多妖道的樣子，這種假設也不是不可能，不過要怎麼樣才能知道爺爺認不認識對方呢？

「如果有個通訊錄之類的就好了……」我低聲嘟囔著，不過想也知道這世界上不會有這麼美的事，只好一邊等著情報，一邊看紙妖給的那疊資料。

藤壺君的家族可以追溯到最遠的記錄是漢朝，嗯，真是古老悠遠，值得一提的是這個家族最初也只是很普通的人類，一直到了某一代才混入了妖族的血脈，並且在這之後為了維持住這種半妖血緣，一直偷偷地採取著近親通婚的方式。

近親通婚？我愣了一下，先不論他們要怎麼「偷偷」實行近親婚姻，既然紀錄有寫就表示他們有自己的辦法，而且很成功，只是……這樣不是會出問題嗎？

印象中如果一直這麼做的話，好像會有什麼遺傳風險還出現缺陷啥的，以長久的眼光來看，這對一個家族的傳承來說並不樂觀——因為越到後面越容易出現子嗣越來越少的窘況——可這個家族卻很順利的從漢朝傳承到五代十國？

這其中經過了多少年啊？再說，那個時候的改朝換代基本上都存在著各種戰亂，他們的人數扛得住戰亂的損失？這是開枝散葉得太厲害，還是半妖血緣太強大？

為了避免自己的想法有誤，我點開網頁膜拜了一下估狗大神，先是查了下有關近親聯姻可能導致的問題，再來就是從漢到五代十國到底過了多長時間，一下掃出來的資料有點多，我挑了最前面的幾個開始看。紙妖見了之後好奇的湊過來，青燈對這個似乎沒什麼興趣，埋頭繼續研究嘸蝦米去了。

至於娃娃……她的外表畢竟只是個小蘿莉，在視覺影響下，我不太想讓她接觸什麼近親通婚遺傳疾病啥的，所以果斷拿出抽屜裡的魔術方塊給她玩。

『啊！近親這個小生有看到！』就在我看著娃娃開心地轉起魔術方塊在玩時，紙妖貼在螢幕上寫道：『有人說，那個藤壺君的妻子其實是他名義上的表妹唷！』

我注意到了「名義上」三個字，「怎麼說？」

『嗯，那個家族的關係很複雜，根據傳聞，藤壺君的妻子其實是他的親妹妹，只不過，這個親妹妹同時也能算做表妹就是了。』

啥？我的眼睛在發呆。

『嘖嘖，安慈公好遲鈍唷，』紙妖在便利貼上弄了個簡易族譜出來，『也就是說，其實那個表妹啊，是他父親跟他父親的姐姐的孩子，所以用父系去看，這是他的親妹妹，但是用母親去看，硬要說那是他表妹也不能算全錯，就是這樣。』

……什麼亂七八糟！

這種錯縱複雜的關係真的沒有問題嗎！

『啊，不過這都是傳聞啦，還有很多其他版本的，安慈公想知道的話小生就把這些不太確定的情報也統統列出來！』

「不，我一點也不想知道。」一秒拒絕，然後紙妖就滿紙張哀嘆著諸如「安慈公不懂八卦的美好」之類的話飄開了。

我按掉了估狗搜出來的那些視窗，突然覺得自己對近親什麼的事情沒了繼續了解下去的興致。

姑且不論現在的藤壺君已經是完全的妖者，在他年紀尚小，還只是個半妖——甚至還沒意識到自己是個半妖之前——他是用什麼樣的心情待在那個家裡的？是覺得這一切很理所當然？還是覺得很扭曲？很亂？

雖然這樣有些失禮，但我確實對藤壺君的心態產生了好奇。

可惜這份好奇對於尋找線索並沒有實質上的幫助，它的確讓我變得更積極，但很多東西不是你積極了就會有的。所以在中午吃完飯看著阿祥去上課後，因為種種原因，我決定嘗試一下牧花者說過的卜算。

畢竟阿祥的夢裡出現過爺爺，牧花者也說過可以試試看，那麼與其繼續像無頭蒼蠅一樣繼續找那些美其名為情報，實際上只是一堆生平事蹟的資料，不如直接試試這個卜算，搞不好真的會有驚喜。

這想法一起，我下意識的就想跑去彼岸。沒辦法，那邊的學習環境太讚了，不但時間長又安靜，還附帶有純天然抒壓月泉跟超一流的琴曲享受，搞得我的腦袋現在直接把「學習」這個詞跟彼岸掛鉤了，一動念頭就想往彼岸跑。

但這次，我忍了下來。

太依賴那邊並不是什麼好事情，而且我有點介意牧花者的情緒，雖然知道從早上到現在這些時間過去，彼岸可能又不知道過去多少年，就算真有什麼情緒應該也散得差不多了，可要是這一過去又撩起了什麼來……好吧，我承認我是孬了。

「青燈，電腦給妳用。」讓出了自己的座位，我拿出爺爺的書跑去阿祥的座位上準備苦讀，這可是我在現實第一次嘗試學習爺爺留下的東西，莫名有種激動的感覺；

只是才剛翻開第一頁，我就覺得頭上燃著的熱情被瞬間澆熄。

『小慈親啊，翻到了這一頁的你，是不是聽那傢伙說了什麼呀？』上頭這麼寫，一如既往的欠扁語調，不過這次我無法吐槽了，因為下一句是：『放棄吧，爺爺算過了，你學不來的。』

……要不要這麼打擊人？我連試都還沒試耶！這話好歹等我看完一頁之後再說啊！

『不用看啦，為了避免你浪費時間，爺爺我在這章只放了一個標題頁。』意思就是後面半點相關內容都沒有，我不死心的翻了翻，還真的是這樣，頓時整個洩氣，我是真心想靠自己發奮一回啊！居然連個機會都不給？

『卜算這玩意很講究緣法，小慈親，不是你不好，只是你沒有緣。』這是安慰？為啥我總覺得心頭又挨了一記重槌？而根據爺爺的一貫手法，他在給了棒槌之後就會給糖，所以下一行糖就來了，直接把我砸暈：『作為補償，爺爺就給你現在最想要的東西吧，呵呵，其實爺爺我跟藤壺君很熟……』

啥?!

這個瞬間，我心情那個跌宕起伏就像雲霄飛車一樣轉了一個三百六再接一個三百六，整個人震驚得無可復加，除去震驚之外緊接著來的是驚喜。但在喜悅過去以後，就是淡淡的挫敗感飄了上來。

我這個上午，都幹什麼去了？

看了一堆身家資料，埋頭苦找的，到頭來卻都不如爺爺的一句咱倆很熟……噢，好吧，至少我學會了幻形符怎麼畫，而且又得到了一次剪頭毛的鍛鍊。

就在我哀嘆的當頭，爺爺接下來的留言點醒了我。

『小慈啊，還記得爺爺說過的話嗎？』蒼勁的毛筆字書寫道，這一行字體很特別，明明看起來跟其他的差不多，卻有種讓人心情平和下來的力量，『這世間，並沒有所謂的彎路。』

『你沒有白費工夫，也沒有浪費時間，只是在無形之中做了更多的準備而已，那不是彎路，而是一種幫助。』

幫助……我愣愣地看著爺爺的字跡，心中一動。

確實，儘管紙妖幫忙找到的那些資料看起來都很瑣碎，甚至會讓我有種自己正在看流水帳的感覺，但不管怎麼樣，都比什麼都不知道就直接跟對方碰上要好得多。

試想，如果我不知道對方曾經是半妖，不知道他過去的那些家族巨變，也不知道紙妖剛才說的那些錯縱複雜甚至有些亂的傳聞，只把對方當作一個普通的妖者去看待的話……

……總覺得會發生什麼不得了的事，踩到地雷的可能性大到讓人想哭。

「的確，沒有什麼會是彎路的。」我低喃著，心平靜了下來，其實這樣的沮喪在更早之前也出現過，就是那些隱遁術法的學習；在遇上白鳳之後我也有過這種好像自己在做白工的感覺，只是一直沒去理會，直到現在才好好地平復下來。

學到的術法沒能派上用場，那又怎樣呢？我已經學會了，那就是我的資本，跟早上我看的那些資料一樣，都會成為我的「準備」，我的「幫助」。

「爺爺……」撫摸著那些字跡，我的心裡流過陣陣暖意，只是這股溫暖就在我的手摸到下一行字跡的時候變成了錯愕。

『話雖如此，但就這麼潑了小慈親一桶冷水，爺爺心裡也有些過意不去，所以就讓給你一點補償吧。』字寫到這，整張頁面開始發光，引得三妖好奇的湊過來看，我也很好奇的繼續看，然後，我驚恐了。

『爺爺現在就送你去見藤壺君。』字越來越亮，隱隱有力量在周圍湧動，這讓我明確地知道這句不是玩笑話，但是……

……現在？

我瞪大著眼驚恐地看著紙上的光芒瞬間凝聚到頂點而後爆發，將我整個人給捲了進去，而在周遭全部被金光給吞噬之前，我的耳邊聽見了爺爺的低喃。

『代我向藤壺君問好。』

熟悉的聲音這麼說，我還來不及懷念，就覺得眼前一陣扭曲，整個人失重地往下墜落。

『小慈啊，其實爺爺是個行動派。』

童年時，當爺爺這麼跟我說的時候，我頗為仰慕的看著他，嘴上說著：「爺爺威武。」

而現在，當我想起爺爺曾經這麼跟我說的時候，仰慕還是有，卻只想說：「WTF。」

青燈・之四　藤壺

藤酒一壺天下醉
醉人醉夢醉浮生

牧花者曾言，當真的沒辦法的時候，往卜算這個方向去找，也許會有意外的驚喜；事後我回想起這段經歷，才發現這根本是傳說中的神預測，從此對牧花者說出口的話更加堅信不疑，管他內容是什麼，反正我都信了。

這些都是後話，以後有空了再提，現在值得關注的是爺爺的字引發出的異象，老實說當那光芒整個炸開來的時候，我腦中閃過的是「金光閃閃瑞氣千條」這八個大字。

而在那陣強光閃過之後，我先是歷經了一番詭異的失重，接著就是有點噁心的暈眩，有多噁心？真要說的話就像是把雲霄飛車跟轉轉咖啡杯結合在一起，然後再加上大怒神的墜落效果跟海盜船的搖到最高點時那心跳快飛出去的感受。

因為綜合下來的結果實在太糟糕，所以當光芒散去時，我整個人已經呈現失意體前屈的姿勢跪倒在地，各種不適上湧，耗費了十二萬分的力氣才忍住沒把早餐給吐出來。

不過，這也算是老天保佑了，至少我人還清醒著，如果那種狀態再多持續個幾秒，我可能會無懸念地直接倒地不醒人事。

「噁……」緊閉雙眼跪倒，我一手撐著地面一手扶著額頭，啊啊，好暈，好噁心，好想吐……剛才到底發生了什麼事？鼻間傳來了青草的芬芳，這股大自然的味道多少讓我好過了一些，但是……青草？

努力讓自己緩過勁來，我慢慢將眼睛睜開，映入眼簾的事物讓我愣了很大一下，甚至有些不敢相信地用手抓了抓以便確認手感。

泥土地？青草？

我這是來到了哪裡啊？

瞪著手底沾染上的泥土，還有我正跪著的長了各種不知名野草的地方，我只覺得大腦一陣嗡嗡作響。

『安慈公，您沒事吧？』青燈的聲音跟著打火機一起飄了過來，連同一張紙跟一面小鏡子。紙上畫了一堆的螺旋紋，而鏡子則是一片空白，這情況讓我有些擔憂，要不是現在還沒徹底恢復過來，我可能會直接從地上跳起來。

「我沒事，你們怎麼樣？」

『奴家方才同鏡妖躲在了一塊兒，並無大礙，倒是紙爺跟您有些令人憂心……』她緊張的看著我，而我則是看向那飛得有些歪七扭八，身上畫滿了無數螺旋圈圈的紙。

『這是小生經歷過的最糟糕的一次空間跨道……』用螺旋圈圈組成的字體，看得我差點又開始暈了。

「空間跨道？」儘管很暈很不舒服，我還是捕捉到了關鍵字，「是指剛才那道光嗎？」

『是的，那光芒與部分妖者的移動方式有些異曲同工，不過……』青燈有些欲言又止，表情有些微妙，『不知道是術法原先就有瑕疵，還是因為經過封存後才使用的關係，方才的術法在運作上十分具有創意跟……嗯，衝擊性……』

雖然青燈為了顧全我爺爺的面子而說得很隱晦，但我還是聽得出這是在說剛才那個法術用得很爛的意思，這點從還在暈的紙妖跟不知道躲去哪裡的娃娃也可以明顯看出來。

「娃娃怎麼了？」我疑惑的看著飄在半空中半天沒反應的鏡子，「鏡子怎麼會是空白的？」是真的白白一片，什麼東西都照不出來，活像被貼上了什麼不透光的東西一樣。

『鏡妖受到了驚嚇，到了此地之後就回到本命鏡裡安神去了。』

我：「……」

爺爺，你真是罪孽深重。

用力敲了敲頭，我將鏡子收好之後努力站起身，先拍了拍身上因為跪著而沾到不少的泥土，接著才觀察起四周。

之前因為暈得不行了所以只能瞪著地面，現在好點後才有心情觀察起來。這一看真是不得了，身為一個基本在都市裡長大的孩子，眼前的景色讓我整個人傻在原地，並且徹底理解了「美呆了」這類詞彙的存在意義——當事物美到某種程度的時候，真的會讓人呆掉。

藍天白雲，草木蓊鬱，清新的空氣，柔和的風，時不時的鳥叫與蟲鳴，映入眼簾的完全就是一派世外桃源的景色，除了這種自然美景之外，還有類似霧氣的東西縈繞其上。淡淡的，乍看之下真的會以為那是霧，可仔細看就知道不對了，因為這些「霧」有很多種顏色，有最普通的瑩白色，還有淡綠色的、金黃色的，甚至有些是帶了點水色，一眼看過去，只能用柔和跟夢幻來形容。

「好……好漂亮……」我像個傻子一樣的看著這一切，暫時地忽略了自己身處異地的不安，可是，「那是什麼東西？」我指著那些飄盪在空中的彩霧，本能的覺得那些是不可多得的好東西，至於究竟是什麼樣的好東西……我正等待專人解答。

『那是天地靈氣，』青燈的聲音有著掩不住的感動，也許還有些激動，『奴家還是頭次見到如此龐大，甚至已經達到凝形而出的靈氣，雖不知這是何處，但此地定是一片隱世寶地。』

聽著這樣的讚嘆，我注意的卻不是靈氣也不是寶地，而是「隱世」這個形容詞。我想青燈真的只是單純的讚嘆而已，但正所謂說者無心聽者有意，這話聽在我心裡，莫名的就變了味道，像在說如果這塊地方不是遠離人煙的話，肯定留不住這些天地靈氣，更遑論能呈現出眼前這番美景……

……好吧，其實她也沒說錯，用客觀角度去看的話，事實還真是這樣，所以也不能怪我想偏。忘了在哪本小說上有看到過，上頭說「當精靈進入森林，他們會成為森林的一部分，但人類踏入森林，卻是讓森林成為人類的一部分」，也許不是那麼貼切，但我覺得這意思是差不多的。

想著想著，忍不住開始慚愧起來。

而就在我還沒能將這份心情用具體的語言形容出來時，身後，傳來了一個帶著不確定的聲音。

「……左墨？」那個聲音輕輕喚道，中性好聽的聲線裡帶著遲疑跟困惑。

我迅速回過身，看到了一個很漂亮的人……嗯，也許並不是人，因為他的頭髮是紫色的，可能還帶了一點點的紅，我想這世界上應該沒有哪個正常人類可以不靠染髮就能擁有這樣的髮色。

至於長相……怎麼說，他長得很漂亮，而且漂亮的很有特色，不像白鳳那種如花般的嬌美豔麗，也不是牧花者那種出塵脫俗如謫仙般的俊，而是一種雌雄莫辨的精緻的美，在這份美麗之下，還藏著某種沉澱過的滄桑，讓他整個人帶著歲月的味道，就像一罈酒，越陳越香。

這是一個像酒的人。

我在心底這麼判斷道，然後想起了被甩到這裡來之前的爺爺的留言，一個顯而易見的猜測就這麼浮上檯面，難道……這位就是藤壺君？

我看著他，因為這意外的遭遇跟對方驚人的美麗而顯得有些呆然；他也看著我，並且在看到我的臉時很明顯地愣了一愣，一時間周遭沉默無聲。而在經過彼此的幾番打量後，我還繼續呆著，他卻是微微地瞇起了一雙翠綠的眸子。

「你不是左墨，但你有左墨的氣息，模樣也很像……」他探究地看著我，目光裡充滿了審視的味道，沒有敵意，「你是左墨的親族？」

「嗯，那是我爺爺。」沒想太多，我幾乎是下意識地回答了對方的問題，也許是因為這片林子帶給人的氣氛太過溫和，我在心神放鬆之下完全提不起半點戒心，所以人家問什麼我就答什麼了。

「爺爺……」聽到我這麼說，對方又愣了一下，神情有些錯愕有些恍惚，「都已經當爺爺了啊，時間過得可真快……」他這麼說著，語氣裡帶著嘆息，隨後，他揚起一抹淺笑，問了個讓我有些尷尬的問題：「左墨他還好嗎？」

這真是讓人難以回答。

我的嘴角抽了抽，糾結了半晌後，才期期艾艾地說：「爺爺他，已經離開十幾年了……」語出，我清楚地看見他眼中一閃而逝的悲傷，不過就只是單純的悲傷而已，沒有震驚也沒有太大的情緒波動，像是他早就預期到會有這個答案一般。

「是嗎，已經不在了啊……」眉目低垂，他淡淡地說，安靜地站了一會兒後，拿起了放在腳邊的簍子揹到肩上，看著我，「這裡不是說話的地方，跟我來。」而後也不等我回應，兀自舉步離去。

當下的我也沒有其他想法，這個地方美是很美，但前不著村後不著店的，儼然一片天然原始叢林的樣子，叫我一個人待在這的話我還真不知道該怎麼辦，既然眼下有人讓我跟上，那自然是先跟上去再說。

不過，有件事還是想先確定一下。

「那個，我是左安慈，」問人姓名前要先自報姓名，我跟在那人後面這麼說，「請問該怎麼稱呼您？」

「非要一個呼名的話，可喚我藤壺君，還有，別用敬語，我不愛聽。」他這麼說，而我在應諾稱是的同時，心底用力的揮舞了下拳頭。

賓果！果然是他！

真是踏破鐵鞋無覓處，得來全不費功夫啊！

我興奮的跟著藤壺君的步伐，心裡一邊好奇著對方要帶我去哪，一邊在琢磨著等下該怎麼開口求東西，畢竟這才第一次見面，非親非故的連個點頭之交都還算不上，在這種情況下該如何讓對方願意給我一些酒……這可是很高端的技術問題。

藤壺君領著我在這片林子裡行走，他走得不疾不徐，我走得就有些磕磕絆絆了。要知道，因為傳送來得太過突然的關係，我根本沒有那個時間去換鞋，現在腳下穿著的可是普通的室內拖，如果不是他在前面好歹踩出了一條小道來，我大概會陷入一個寸步難行的窘境，唉，都市小孩傷不起啊，我長這麼大還沒走過這樣的原始林路呢，還是用拖鞋。

而就在我卯起來努力跟上藤壺君的時候，兩個用飄的妖倒是顯得十分歡快輕鬆。尤其是紙妖，邊飄還邊做各種記錄，刷刷刷地整出了好幾張素描，可惜因為它的天生缺陷，這些素描只能是黑白的，不然倒是可以把眼前這片美景給完好地保存下來。

雖然現在只有黑白素描可以看，但沒魚蝦也好，等我們從這裡離開之後，紙妖的這些記錄也可以算是一種見證。畢竟這裡不是說來就能來的地方，留了圖畫下來也算是一個紀念，證明我曾經到過一個這麼美的地方。

路漸漸地變得好走起來，到後面還出現了用各種圓木、石頭……等等打造出來的簡易小道，這讓我差點感動到痛哭流涕了。用拖鞋走山路的艱辛絕對超乎你的想像，要是再繼續下去，我腳上這雙拖鞋大概會提早退休，然後我就會體驗到什麼叫做用赤腳貼近大自然，回去之後也許還能在臉書上發篇短文。

標題是「與森林的親密接觸」，副標題則是「室內拖的逆襲之不要穿拖鞋爬山」，集滿一百個讚或是突破百篇留言的話就把拖鞋爆掉的照片上傳……

胡思亂想就此打住，總之我抱著一種感激的心情踩在小道上，接著開始觀察起這個步道。可能是因為就地取材的關係，構築出這條步道的材料顯得很不規則，不像那種制式的每一塊板子每一個矮欄都統一尺寸大小，反倒是有些凹凸不平，但這樣擺放起來卻也別有風味。

比較特別的是這些「建材」完全沒有使用任何繩子或釘子什麼的進行固定，取而代之的是一條條纏繞在上頭的藤蔓，這讓整條小道看起來十分別緻，加上那飄盪在空氣中忽隱忽現的各式天地靈氣，這一切讓我有種走在藝術道路上的感覺。

藤壺君一直在前面走著，人很沉默，這種情況下我也不敢隨便開口，就這樣，我跟著他來到了一個……跟剛才的步道有著相同風格的「屋子」，是沿著山壁開鑿搭建出來的，一樣給人別出心裁的感覺，不過有點很特別的是，這屋子沒有門，不管是哪裡都能直接走進去，完全沒有遮擋。

唯一算得上有遮擋的隔間也只是掛著一個布簾，讓人忍不住好奇簾子後面究竟是什麼重要的東西。

「地方簡陋，你先隨便坐吧。」他將我帶到一個像是起居室的地方，本來這邊只有一副桌椅，可在他很隨意地往地上一指以後，只聽一陣枝枒破土而出的聲音響起，然後在我愣神的時間裡，地上就這樣「長」出了一張藤椅。

看著那張椅腳直接扎在地上的藤椅，我有些驚奇，這就是藤妖嗎？這是操控植物生長的能力？還是說這些其實是他的「分支」？如果是的話，那我這一坐下去豈不是直接坐到人家身上去了？

瞪著那張椅子，我被自己的猜測弄得有些糾結，這種蠢問題我也不敢開口問，想來想去，最後還是覺得不能拂了藤壺君的好意，就小心地在椅子上落坐，「謝謝……打擾了……」

「我先去處理一些東西，請稍候片刻。」他淡淡地說，然後就揹著那個簍子離開，留我一個人……噢，還有紙妖跟青燈，留我們在這邊有些尷尬的坐著。

『嗯，看起來是個很溫和的人，』紙妖趴在同樣由植物交織而成的桌子上，正對著藤壺君離去的方向這麼寫道，『也許會很好說話？』

『雖說這麼背後議論不大好，可奴家總覺得這位有些過於平淡了，』迷你青燈正坐在紙妖旁，疑惑的跟著紙妖一同望去：『就像是什麼也不在乎似的……』

什麼也不在乎？「也還好吧，他剛才聽到爺爺的消息時，感覺是有點傷心的。」

否則也不會沉默的站了一陣子，而且我覺得能被爺爺認可、跟爺爺混熟的人，絕對不是像青燈說的那樣什麼都不在乎。

雖然爺爺常常幹些這樣那樣的事，不過在看人這點上，爺爺基本上是不會出錯的，嗯，我相信爺爺的眼光。

「現在比較傷腦筋的是，等等該怎麼開口啊？」我頭大的嘀咕著，這糊里糊塗的就跟著人進來，下一步該怎麼做老實說還真沒個底，雖然這樣的進展對我來說是很喜聞樂見，可我還沒準備好啊！

『兵來將擋水來土掩！』紙妖如是寫。

『奴家以為，安慈公只要像平常那樣就可以了。』青燈安慰道。

也就是不變應萬變的意思對吧？這建議有跟沒有一樣嘛……我無語，想說點什麼，可就在這時，藤壺君端著一個盤子回來了，另一手還提著一個酒罈子，嗯，就是古裝劇上面的那種酒罈，上頭還有泥封的那種。

「沒有什麼可以招待的，只有一些水果跟自產的酒，請不要嫌棄。」

「哪兒的話，是我突然叨擾了……」我有些緊張地看著他將東西擺上桌，然後摸出了三個瓷碗來，兩大一小，小的那個很意外的是給青燈用的，而一直到他開好酒罈，替青燈添完一小碗並且準備往我碗裡倒的時候，他才像是想起了什麼似的抬頭問：

「你可以喝酒吧？」

「當然！」我用力點頭，雖然不能說是海量，但只是少少喝一點的話那是完全沒問題的。

「那就好，」似乎對這個答案感到很高興，他的嘴角微微勾起，配上那漂亮的臉，整個人就像畫裡走出來的一樣，讓我有一瞬間差點看呆，至於為什麼說差點，那是因為他接下來的話直接把我給驚醒了，「說吧，找我什麼事？」

他這麼說，直奔主題，而我的臉上現在大概寫著「為什麼你會知道我是來找你的？」這樣的問題，否則他不會繼續解釋下去。

「這個地方，尋常人不會進來，而不尋常的人根本進不來，」將我跟前的碗倒了個八分滿，他緩緩說道，「出入的方法只掌握在幾個人手上，你們看上去並不是能掌握此法的人，所以應當是左墨送進來的，而左墨那人……既然他留了方法送你進來，那必定是出了什麼事。」

說到這，他唇角一勾，「我想，左墨應該不是單純送你進來看風景吃果子的吧？」他笑著說，那是一抹帶著懷念的笑容，跟牧花者想起爺爺時的那種有點類似。

「我們的確是來找你的……」我說，然後再次羨慕了起來，能讓這些人物嶄露出這般的懷念，爺爺果然很了不起，讓人忍不住心生嚮往，希望自己未來也能成為這樣的人。

只是，正當爺爺的形象開始在我的心底發光發熱還鍍上一層金邊的時候，藤壺君很認真的看著我開口：

「你很不錯，」他沒來由的讚道，有些語重心長，「雖說是左墨的孫兒，卻一點也不像左墨，這樣很好，請繼續保持下去。」

我：「……」

這是為啥？

還有，藤壺君是以什麼為基準來下判斷的？我跟他從見到面開始到現在還沒說上幾句話，就這麼短時間內的相處就能知道我不像爺爺？

像是聽見我的內心ＯＳ，藤壺君解釋起來。

「就像現在這樣，左墨絕不會像你這般把什麼表情都寫在臉上，怎麼說呢，以一個人子來說，你很好懂，」他似笑非笑的看著我，替自己也倒了一碗酒，「而你們爺孫倆的臉皮厚薄更是天差地遠，如左墨那般的，心中絕對不會有『不好意思』這四個字，更不會知道『侷促』該怎麼寫。」

……怎麼聽起來有些怨氣啊？

我捧著酒碗嘿嘿乾笑，心裡開始揣測著爺爺當初是對藤壺君做了什麼，才會讓他發出這種隱含有某種怨念的言論，如果現在幫爺爺道歉的話不知道能不能刷一些好感……我這麼想著，為了掩飾這份尷尬的心情，我將酒碗湊近嘴邊小心的抿了一口，甜甜的，酒味不重，整體來說散發出一種水果的芬芳，很好喝。

「喝得習慣嗎？」

「嗯！非常好喝！」真心話，而在此同時，同樣分到酒的青燈則是一本正經地用那迷你尺寸正座在桌上對藤壺君行了一禮，至於沒得喝的紙妖……嗯，毫無反應，就是張餐巾紙。

「多謝誇讚，」聽到自己的酒被讚美，藤壺君的心情很不錯，整個人看起來變得柔和起來，「所以，你們是來求取藤壺酒的吧？」

「咳咳咳咳咳！」再次被直奔主題的藤壺君給嚇住，我用盡全力才將剛含進口中的那口酒給吞下去，而不是很沒禮貌的噴出來。

「你的反應比想像中的大，看來我說對了？」雖然後面是問號，但語氣很肯定，藤壺君淡笑的拿起跟前的酒碗輕輕晃了晃，倒映在酒液上的景色隨之搖擺不定，「我可以問為什麼嗎？看你這麼年輕，應該還沒有什麼太刻骨銘心的生離死別才是，還是說，要求取的是另外這兩位？」

『非也，奴家對藤壺酒並沒有什麼想法。』青燈捧著小酒杯，很快地搖頭；而紙妖更乾脆，它從桌上立起來在自己身上畫了一個大大的箭頭指著我之後，又倒下去繼續裝它的餐巾紙……

「……是我要的沒錯。」我不著痕跡的瞪了那張紙一眼。

「果然是你嗎？那麼，特地找到這裡來求酒……你想喚醒什麼？」

「這個……」將酒碗好好的放回桌上，我努力擺正被藤壺君兩次直奔主題的行為給砸亂的思緒，「我的確是前來求取藤壺酒的，不過不是我要用，而是……我答應了別人要幫忙。」

為了避免引起藤壺君的反感，我沒有直接說出白鳳的魔道身分。雖然只是半個魔，但普羅大眾對於魔道的觀感都很差，一開場就把白鳳說出來的話，借酒這事恐怕就沒商量了，真要說的話，也得等我把白鳳的遭遇給提過一遍再講。

畢竟，連青燈跟紙妖在知道白鳳的過去之後都有所改觀，那段算得上悲劇的過去的確是很有渲染力的……吧……

我不是很確定的在這份設想的最後加上了一個「吧」字，本來還能直視藤壺君的視線因為各種底氣不足的關係慢慢下移，最後定在我面前的酒碗上，啊，這酒真的很好喝，賣相也很好，整碗酒清可見底，還帶了一點淡淡的紫色，真好奇是用什麼釀出來的……（逃避）

我死命的盯著那碗酒，而對方則是用同樣力度的視線盯了過來，盯得我整個人如坐針氈，連呼吸都跟著小心翼翼起來。

也不知道過了多久，就在我覺得自己的呼吸已經小心到有些入氣少出氣也少的時候，藤壺君終於開口了。

「你的意思是，要我將那即便是傾盡全力也未必能造出來的酒，交給一個完全不知道是誰的對象？」他慢悠悠地說，聲音聽起來還是那麼的雲淡風輕，可我卻覺得心頭被砸下一記重槌。

呃，這話聽起來……的確是我比較不厚道一點，而且聽他這麼一講，我本來想接在後面的「其實那個酒不是用在委託我幫忙的人身上，實際要喝下去的另有其人」這段話，根本完全說不出口了。

藤壺君面無表情的繼續說道：「無論要求什麼，都應該親自作為才是，如此託借於他人之手，實在讓人感受不到誠意。」

「……是……」您教訓的是，我低著頭，儘管藤壺君話裡指的人不是我，我還是有種被罵的感覺，「不過，對方之所以會委託我過來，是有她的苦衷在的……」

「苦衷？」聽到我這微弱的辯解，藤壺君挑了挑眉，舉起酒碗品聞了下那份甜甜酒香，神情淡然，讓人看不出情緒，「說來聽聽，我想我應該有這個資格了解一下。」

「呃……主要是因為她的身分有些敏感……」

因為她是魔，就算被淨化了一半也還是魔，要直接找過來的話，別說要求酒了，大概連人都見不到。

這種話我該怎麼說呢？如果要讓藤壺君能接受的話，果然還是得從最初開始講起，「其實這是一段有點狗血的故事……」

因為本來就有預想過如果被問到白鳳身分的話該怎麼應對，所以關於白鳳的那段故事我講得還算流暢，而且為了能讓藤壺君多點同情，在描述的時候多少也有意無意的放大了某些悲慘成分。可就在我說完一大串，覺得應該還算能感動人的時候，我看到了藤壺君平靜依舊的臉，這讓我心底咯噔一下。

不是吧，沒反應？連一點點的同情都沒有嗎？

「很悲傷的故事，我能理解為什麼她不親自前來的原因了，但是，」在我錯愕的下，藤壺君不鹹不淡的說，臉上的表情可說是平靜無波，「無論再怎麼悲傷，這個故事之於我也沒有任何干係，那麼，我為什麼要幫她呢？」

「呃？」

「沒有什麼事情，是可以不付任何代價就得到的，你總不會以為，你來要，我就一定會給吧？」他輕輕地說，而在話音落下的同時，他手中的酒碗也跟著放回桌面，發出了輕微的悶響，「你要酒，可以，不過，你要給我一個幫她的理由，或是，值得我出手的代價。」

聽完這番話，我的身子有些僵硬，心底也有點慚愧，因為在知道爺爺跟藤壺君有交情的時候，我還真的有「說不定啥都不用做就可以直接要到酒」這種不勞而獲的想法，現在回想起來，我實在太天真了。

天下沒有白吃的午餐，這句話不管在哪裡都適用的。

不過這理由跟代價……

「因為很可憐所以請幫忙」這種理由在看過藤壺君的態度之後，還是別說出來比較好，至於「看在爺爺的面子上拜託你幫這一次」……這個好像也不好，爺爺的友誼可不是用來揮霍的，那「廣結善緣」？似乎沒什麼人願意跟個魔道結善緣吧……

想半天，每個理由都被我駁回，彷彿現實化作了一個魔鬼在殘酷地嘲笑我的天真一樣。

理由找不出來，看來只能用代價來換了，可是，那酒的功能這麼強大，用膝蓋想也知道是稀罕貨，要用什麼來換才好？現金什麼的藤壺君肯定是不要的，都在這個地方自己自足了，要錢有什麼用？

換個想法，投其所好以酒換酒呢？這個好像還不錯，可世俗的酒他應該是看不上眼，而真能讓他看上眼的，我大概是買不起……

我絞盡腦汁的想著，而在這段努力思考的期間，我能感受到藤壺君的視線牢牢地釘在我身上，就像我是個什麼稀有動物一樣，只要我稍稍抬頭，就能跟一雙翡翠般的眼睛對上，這讓我尷尬不已。

雖說那麼漂亮精緻的臉蛋看著的確是很賞心悅目，可當你不管怎麼看都是同一個表情，而且這表情還老盯著你不放的時候，就讓人有些吃不消了。

「請問……我有什麼奇怪的地方嗎？」

「噢？何出此言。」

「因為你一直看著我……」看得我有些扛不住，而且當一個人在努力掏空心思的時候被這麼盯著看，可不是什麼美妙的事情。

「我在看你什麼時候能想出理由說服我，而且，我以為在對談中注視對方是一種禮貌。」藤壺君很誠懇的說，說完又繼續看著我，這讓我尷尬無比，一時之間陷入了好像做什麼都不對的窘境，想跟青燈詢求點幫助，可她背對著我正坐在桌上，根本看不到我的表情，至於紙妖……

……拜託那張紙我覺得事情不會變得更好。

理由想不出來，著急。一直被盯著看，尷尬。

就在我被這兩種情緒繞得不知如何是好，整個坐立難安的時候，突然，藤壺君笑了，不是淡淡的微笑，而是笑出聲音的那種笑，這讓我十分錯愕。

「抱歉，我只是想逗逗你，沒想到你會這麼有趣。」他這麼說，笑得十分燦爛，就像世間最美麗的花突然綻放一樣，不過跟這奪目的笑容相比，我在意的是另外一件事。

「逗我的？」我愣了很大一下，主要是因為藤壺君給人的第一印象不像是那種會尋人開心的人，謹慎起見，我小心的追問，「是指一直看著我這件事，還是……」

「都有。」他笑得很開心，「本來只是想讓你知道凡事不能太想當然耳，多少敲打一下而已，但你為難起來的樣子實在有趣，所以……」

這一瞬間，原本藤壺君在我心中那沉默寡言高貴冷豔的世外高人形象就這樣崩塌了。

「不好意思，難得有個能跟我說話的對象，加上你又長了一張跟左墨神似的臉，叫人忍不住想捉弄一下，」他笑著道歉，臉上是跟之前的冷淡完全不同的溫和，「放心吧，既然是你，那麼沒有理由也無所謂，酒，我會給你的，就當作是我還給左墨的一個人情，畢竟……」

長嘆一聲，他重新拿起桌上的酒，「即便我現在想找他還，也找不到了，你就代替他，領收這份回報吧……」

他帶了點憂傷的說，而得到了藤壺君承諾的我，這個時候應該是要欣喜若狂的；可我現在卻一點也高興不起來，反而被帶入了那片感傷之中，「你跟爺爺，是怎麼認識的？」

「怎麼認識的啊……其實已經有點忘了，」他搖搖頭，將酒湊到唇邊喝了一口，「他讓我回憶起很多事情，也讓我知道了一個半妖能做到什麼地步，說真的，我很佩服他，」他這麼說，歪頭想了想後又補上一句，「哪怕他是個渾蛋兼流氓。」

……

………

爺爺，你當年到底都做了些什麼啊……

「雖然有些不適合，不過，如果你不介意的話，我在這裡替爺爺跟你道歉了。」不管當年爺爺做了些啥，總之道歉先！

「呵呵，你真是個老實的孩子，」看見我低頭賠不是，藤壺君又笑了，「就算真的要道歉，也不該由你來啊，而且，認真說起來也不是什麼需要道歉的事，反倒是我得謝謝他，替我找了這麼一塊隱居的好地方。」

「這裡是爺爺找的？」我又愣。

「是啊，左墨……厲害著呢。」他這麼說，話語中有著毫不掩飾的讚嘆，這讓我心底剛剛黯淡下去的爺爺重新開始發光了，只是這光芒沒發多久，藤壺君就一個起身中斷了我對爺爺的景仰，「好了，我們走吧。」

「啊？」走？我呆滯的看著藤壺君起身將酒罈重新封起，趕忙跟著站起來，「要去哪？」

這下換藤壺君訝異的看著我，「自然是去取酒，你來此的目的不就是這個嗎？怎麼，不要了？」

「要！」我一個機靈地站起來，在起身之後才發現自己的音量太大表現也太激動，「那個……謝謝你……」

「不用謝，我說過了，這是還給左墨的人情，你只是幫著領收罷了。」說完，他抬腳就走，我只得快步跟上，還順便撈起躺在桌上貌似已經睡著了的紙妖。在經歷短暫的相處後，我對藤壺君的作風也開始有所些了解。

他好像做什麼都很直接，問話直接說話直接，而且不是隨便亂問的那種直，是彷佛能看出別人心中所想般，次次直指紅心的那種直接；至於行動就更是如此，甚至比爺爺還要更加的行動派，就不知道是他本性如此，還是後天養成的。

我跟著他的步伐，一路上經過了不少隔間，因為完全沒有遮擋的關係，裡頭的布置跟擺設都是一目了然，不管哪一間都擺放得十分整齊有條理。從這裡能看出藤壺君是個心細的，心細之餘還頗具巧思，東西要放整齊並不難，但是要放得整齊又好看那就是另外一回事了。

他帶著我到了那唯一有布簾遮擋的隔間處停了下來，準備揭開簾子的時候，他突然頓了一頓，有些不確定的回頭問道：

「你要隨我一塊兒進去，還是在這裡等我取酒出來？」

嗯？「有什麼不方便的嗎？如果不方便的話，那我在這等著就是了……」我小心的回答，雖然很好奇簾子後面究竟有什麼祕密，畢竟其他所有的隔間都沒有遮擋，就這裡擋了起來，肯定有特別的地方，但只要想到藤壺君的過去跟經歷，我就覺得別過於探究會比較好，免得我不小心踩到什麼地雷。

發現了我的小心，他凝視了我半晌，隨後釋然一笑。

「也罷，其實也沒什麼，你隨我進去吧。」說完，他就將簾子捲收起來，也沒等我回覆就進入那間房間，這讓我頗為忐忑，可對方都這樣說了，我傻站在門口也不是辦法，只有硬著頭皮跟上。

一腳跨進去，鼻間就傳來了清冽的芬芳，似花又似草的，聞起來很能提振精神，我本能的抬頭想尋找這份香氣的來源，這一抬頭，我整個人就直接傻在原地了。

屋子裡沒有其他東西，只有一個異常精美的巨大蛋狀籠。籠子跟剛才外頭那張藤椅一樣，是由直接從地上長出來的藤類植物所構成，只是編得更加細膩，而在藤類框架之上除了長著不知名的小花之外，還有晶瑩剔透的淡色琉璃零星地點綴著，看上去十分夢幻。

不過這份夢幻並不是讓我傻住的理由，讓我呆掉的是籠子裡的人。

那是一名模樣清秀的少女，看起來大概十八歲上下，此時正緊閉著雙眼端坐在那精美的蛋狀籠內，粉嫩的唇角彎著淺笑，面容有如睡著般恬靜，穿著打扮是古裝的式樣。哪個朝代的我分不出來，身上的裝飾品不多，但每件都將她襯得更加秀美典雅，顯然是經過精心挑選的。

這誰？

我的大腦有一瞬間反應不過來，第一個念頭是想開口問這是誰，可才剛要開口，我的腦子就突然竄出一條紙妖整理出來的資訊。

藤壺君的妻子，是跟著他一起不見的。

難道這就是他的妻子？可那不是一千多年前的人了嗎？怎麼還……呃，等等……她好像沒有在呼吸……

發現到這點，一種驚悚的感覺像電流般從背脊竄了上來，我僵硬的將嘴巴閉上，強迫自己把視線挪開。這一挪，才發現藤壺君一直在旁觀察我的反應，這讓我萬分慶幸自己沒有亂問，只可惜，即使我三緘其口，也並不代表能安全過關。

「剛剛就在懷疑了，現在看來我並沒有想錯……你，知道我的事？」又是那種淡淡的語氣，完全聽不出喜怒的，讓我頭皮發麻。

「有稍微了解一下……比如一些野史紀錄什麼的……」

「這樣啊，那你應該知道她是誰了，」他走到那個藤籠旁，臉上是溫柔的笑容，「正式介紹一下，這是我的妻子，芸璐。」

「她……」是屍體吧？怎麼辦到的？一點都看不出來已經死了……這種沒大腦的話我怎麼可能說得出來？再好奇也不能說！「她很漂亮。」

「嗯，在我眼裡，她是最美的。」藤壺君發自內心地說道，接著就伸手將鑲在藤籠上的某個水晶琉璃給摘了下來，他這一摘，最裡邊的那面牆就傳出「喀啦」一聲，轉出了一扇石門。

這……密道？

我錯愕的瞪著那扇門，都隱居在這種地方了還設置機關？雙重保險嗎？對於藤壺君的謹慎細膩我又有了一層新的體認。

「走吧。」招呼了呆立在原地的我一聲，藤壺君拿著琉璃就往石門那邊走去。我跟過去之後才發現那是一個螺旋向下的階梯，整條密道是由密密麻麻的植物根系鞏固起來的，根鬚交錯的壁上每隔一段路就會擺放一顆琉璃，那些琉璃放著溫和的柔光，雖然擺得不是很密集，卻足以將這條通往地下的階梯給照亮……

……嗯？照亮？

等一下，正常的琉璃應該是反光而不是發光吧！

很後知後覺的看著那些「琉璃」，如果不是藤壺君就走在前面，我真的很想拿一顆下來研究看看到底是哪裡在發光，而就在這時，迷你版的青燈飄到了我的耳邊小聲耳語起來：

『安慈公，那些是靈石，』她悄悄地道，聲音有些不穩，『是天地靈氣凝聚而成的產物，自然的寶藏，十分罕有，沒想到這裡居然有這麼多……』

她感動的說著，而聽完這番話，我更想偷偷摘一顆下來了，當然，只是想想而已。

這條祕道有點深，而越往下走空氣的溫度就越低，但很奇怪的是我並不覺得冷，因為肚子裡有股熱熱的暖流幫我驅散了冷意，大概是之前藤壺君倒給我喝的酒的作用吧，我這麼猜想著，然後階梯來到了盡頭。

盡頭處是一扇石門，只見藤壺君將先前在上頭摘下來的水晶琉璃……或者該稱呼為靈石，他將靈石給按進門上的某個凹槽裡，緊接著門上就亮起一幅圖騰，我知道這圖樣，因為早上才看過，這是藤壺君他們家的族徽。

看著石門在族徽全數亮起後從中開啟，我才意識到這是第三重保險……真是夠謹慎的，由此也能看出藤壺酒被重視的程度。

推開石門，他領著我走進門內，裡頭在我們踏進去的瞬間亮了起來，同樣是靈石照明，亮度很柔和，我也看清了門內的布置，沒意外的話這裡是酒窖，正中央有張石桌，四周則擺放了不少酒罈子，大大小小都有，完全不知道哪一罈才是藤壺酒。

唔，把樹葉藏在森林裡？又是保險嗎？

看著那些酒罈，我忍不住這麼想，然後看著藤壺君從一個架子上取下一個小空瓶，再從那堆酒罈裡拎出一個跟小玉西瓜差不多大小的罈子來，一起放上了桌。

「既然看過那些野史紀錄，想必對我所屬的家族也有所了解，那麼……」他低聲說道，像怕驚擾到什麼般，語速十分緩慢，「你覺得他們為什麼會那麼執著於妖者的血脈呢？」

他這麼一問，而我則是一怔。

對啊，為什麼要執著那份妖者血緣？一個半妖除了天生能看到另一側的世界之外，基本上是沒什麼太大能力的……嗯，爺爺那種的除外，規範外人物不在討論內，而且我相信爺爺就算不是半妖，他也會把自己混得風生水起，把他人搞得風聲鶴唳，這跟血脈無關，跟人品節操有關。

常理而言，半妖頂多像我這樣能動動心火就算很不錯了，要做到這程度還得有機運才行，否則就只是徒增麻煩跟困擾，既然這樣，那他們為什麼還千方百計的想保持這個血緣，而不是讓它漸漸在子嗣傳承下自然淡去？

「大多數的人都不會去想這個問題，」像是早知我答不上來，他直接說了下去，被打開的小酒罈散發出濃烈的酒香，讓隔了一小段距離的我都覺得有些微醺，不得不退後幾步，「釀酒的方法其實大同小異，何況世上沒有不透風的牆，即便真有所謂祕方，時隔多年，也算不上什麼祕密了，那麼為什麼，仍然只有這脈藤妖才做得出藤壺酒呢？」

他穩穩地將酒罈子裡的酒倒入預先備好的空瓶中，透明的酒液在空中拉出一條細長的直線。這手表演看得我又是一次目瞪口呆，那酒罈雖然不大，可開口還是不小的，要能這麼精準地將裡頭的酒水倒到一個開口頂多只有五十元硬幣大小的瓶子裡，還半滴都沒漏出來，這都要趕上魔術的等級了啊！

那瓶子也很神奇，明明體積只有酒罈子的十分之一，卻像是怎麼也倒不滿似的，完美的承接了罈子裡的一切。

在對藤壺君佩服萬分的同時，我也專注的聽著他接下來要說的話，扮演一個安靜的聆聽者，可這樣的打算就在下一秒被徹底打散。

因為將酒倒完之後，他毫無預警地從懷裡拿出一把袖珍小刀，眼也不眨地就將自己的左掌捅了個對穿，霎時間，血流如注！

「藤、藤壺君?!」這是在做什麼？

被對方的舉動嚇個措手不及，我慌張地上前想著要幫忙止血，卻聞到了撲面而來的酒香，醇美迷人，彷彿擁有著能讓一切就此醉倒在地的魔力；如果不是胸前的玉珮在那瞬間散出了冰冷將我給驚醒，我可能就直接被這股氣息給放倒了。

「這是……？」按著胸前的玉，我餘悸猶存的退了幾步不敢再上前，青燈不知道什麼時候不見了，而紙妖……它老早就掉到地上去，毫無反應就是張紙，似乎在藤壺君之前開罈的時候就中招了，看來這股氣息跟有沒有鼻子無關，光是沾染就能醉人，這就是藤壺酒的威力？

但藤壺酒不是用來醒萬物的嗎？怎麼現在看起來卻是完全相反的效果？這別說要醒，我光是聞著就得倒地。

一時間，只剩我跟他兩個人處在同個空間。相對於我的惶然不安，藤壺君的表情依舊是那麼淡然，哪怕手上鮮血流個不停，也沒能讓他皺上一下眉毛。

「別緊張，只是醒酒的必需步驟，在完成之前你切莫再靠上來了，酒量不夠好的話，會醉的。」他說，被戳出一個血洞的手懸到了那個小瓶上，流淌的鮮血有不少落在了那通體雪白的瓶身上。但更多是滴進了瓶中跟裡頭的酒水混合，血的氣味、酒的氣味，兩者奇妙的融合在一起，併成了另一種說不出來的香。

味道變了，明明是同樣的酒，卻跟方才完全不同，現在的味道更顯悠遠，哪怕我沒有靠過去，也能清楚地感受這股香。

在這份香氣下的引領下，我似乎想起了很多事情，腦海中浮現出一幕幕我以為早就被遺忘的畫面，同時，體內深處有個東西正在緩緩甦醒，那是一簇明亮而溫暖，看起來隨時會熄滅卻仍固執地燃在那裡的……

「到此為止。」就在我已經陷入某個奇妙的境地時，藤壺君的聲音將我整個人拉了回來，只見他將那受傷的手猛力握成拳，原本還在不停冒出的鮮血就這樣被掐住，那醉人的香氣也跟著收攏，說也奇怪，明明「味道」這種東西是看不見的，但我卻能清楚地「看」見那些芬芳被全數納入瓶子中，像是裡頭有什麼吸力一樣。

剛才……發生了什麼事？

我覺得自己好像有哪裡不大一樣了，但具體是怎麼個不一樣法卻說不上來，只能愣愣地看著藤壺君，看著他用那雙漂亮而平靜的眸子望著我，那因為光線不足而呈現出墨綠色的眼眸就像是最深邃的星空，無論怎麼看也看不到盡頭。

「醒了？」望著明顯還沒能從剛才那種狀態完全抽離出來的我，藤壺君平靜的眼底染上一絲關懷，「希望我沒有太晚叫醒你……左安慈？」

「啊？」雖然還在恍神，不過對於自己的名字我還是給了反應。可能是模樣真的很傻的關係，在得到我的回應後，藤壺君笑了。
「醒了就好。」他笑道，然後朝自己握成拳的手吹了一口氣，這一吹，本來沾了滿手的血很神奇地開始回流，像有自我意志般縮回了體內；當他重新攤開掌心時，上頭只剩下一道整齊的傷，沒有癒合卻也沒再流血，看著有些詭異。
「你的手……」
「沒事。」淺笑著搖頭，嫩綠的植物在這時從他袖口竄了出來，沒兩下就將那道傷口給纏起。而他也取了這些植物的一部分做成一個栓子，將那收納了所有氣息的瓶子給封起來，這時，我才發現那個本來雪白的瓶子已經變了樣，在純白的基底上，布滿了紅色的網絡。
在猜到那些紅網是由什麼構成的瞬間，我徹底回神了，被嚇的。
「那就是……」藤壺酒？
「是的，就是你要的藤壺酒，已經甦醒，並且可以喚醒他物的藤壺之酒。」他珍惜的拿起那個瓶子，目光裡混合了滿意、悲傷、無奈……等等複雜的情緒，「藤壺酒的原身叫做『眾生醉』，就如你一開始聞到的一般，藤妖們釀出了它，用以醉天下眾生，並且將其視為一個巔峰，一個認證。」
「所以外界所傳的其實有些謬誤，實際上難以釀造的、能夠因此得到認可的，一直都是眾生醉而不是藤壺酒。只不過這兩者間僅僅差了一道程序，藤壺酒又是屬於後者，於是藤妖們就沒有特意去糾正，久而久之傳言就這麼被定了下來……」說到這，他有些嘆息，有些自嘲，「他們的天性就是如此，對不在意的事物不會投注半分心力。」

聽著藤壺君的語氣，我知道接下來還有後續，也許是一時感慨，也許是累積已久的抒發，總之我沒有打斷他，只是靜靜地站在一旁，聽著他那帶著回憶的聲音。

「知道嗎？在最初的時候，他們本來也只是普通的藤妖而已，與其他的分支沒什麼不同，甚至還比較弱小，連能化形的都沒幾個，只是某一天，天上的酒仙路過了他們的隱居地，不小心灑了一壺酒，那靈酒灌澆在那片土地上，滋養了他們，也成全了他們。」

「他們從此自成一脈，而那份機遇則融進了血脈之中，根深蒂固，造就了好酒的天性，也造就了釀酒的天賦。」

他用一副旁觀者的口氣訴說著，像個過客，但我們都知道他不是。

「這份天賦就存在於他們的血緣之中，他們的血能夠讓酒『醒』來，只要經過這道喚醒，無論是什麼的酒都能釋放出迷人的香味。這就是為什麼只有他們才能造出藤壺酒的原因，也是為什麼那些人想盡辦法也要保住血脈的理由。」

「藤妖們很珍惜這份血緣，小心且敬畏地使用著，唯有那些被認為是『沉睡』了的酒，他們才會去喚醒它，所以眾生醉被喚醒，藤壺酒的現世，純粹是個巧合，是個意外，反觀那些因巧合而得到這份血緣的人們……」

說到這，他的語氣變得有些譏誚，更多的是無奈，「人們也很珍惜這份血緣，但在這同時，他們也恣意地使用它，藉此得到了名聲、財富，然後在最後得到了滅亡。」

「而無論是藤妖的謹慎還是人們的妄為，藤壺酒的性質注定了它無法平凡，就我所知，藤壺酒的每一次出世都伴隨著不少麻煩，」他走了過來將瓶子遞給我，「我不想惹麻煩，也不希望你惹上麻煩，所以，還請務必小心謹慎地使用它。」

我雙手接過瓶子，瓶身很冰涼，我卻覺得手心在發燙，像是接到了什麼燙手山芋。

「好的。」

然後，我聽到我乾澀的聲音這麼說，對此，藤壺君只是燦然一笑。

鼻間的酒香似乎更濃了。

藤壺一出舉世醒

醒因醒果醒前塵

青燈・之五　約束

『打個賭好嗎？』

『賭什麼？』

『賭我最後去不去得了歸處。』

『可以，但賭注是什麼？』

『是……』

謹慎地捧著終於拿到手的酒，我跟著藤壺君離開了那個地下酒窖，照理說目的達成了，我應該要很輕鬆才對，可心頭卻像是被什麼沉重的東西給狠狠壓著，沉甸甸的說不出話來。

於是一路靜默。

在這靜默途中，我捧著酒瓶想了不少事，只有些許微光的階梯跟規律的爬梯聲在某方面也算是助長了我的思考，只是眼下的氣氛找不到開口的契機，我在心裡琢磨了半天，等到離開了這個密道，眼前大放光明的時候，才壯著膽子開口。

「那個！」

「嗯？」他淡淡地應了一聲，來到那個蛋狀籠子旁將手中的靈石給放了回去。靈石一歸位，那扇石門隨之封閉，一轉一闔後，牆上完全看不出任何曾經開啟過的痕跡。

「你……打算就這樣，繼續一個人待在這裡嗎？」再也不出去了？

「我不是一個人，」他柔聲說，將手伸進籠子輕輕替裡頭的人順了順髮絲，目光繾綣，溫暖得彷彿能融化一切，「還有芸璐陪著我。」

我的心底沒來由的一顫，有股濃濃的悲傷從最柔軟的地方滲出，而後滿盈。

「你哭什麼呢？」

「咦？」我錯愕的摸了摸臉頰，這才發現上頭不知何時染上了淚水，這讓我有些慌張，就著手背胡亂地擦拭著，「抱、抱歉，我也不知道為什麼……」

「放心吧，我並不寂寞，或許有些令人難以理解，但我現在確實是幸福的，只要能像這樣靜靜地跟芸璐在一起，那麼每一天對我來說都會很幸福。」他笑著說，只要在這個房間裡，他的臉上就一直帶著溫柔的笑，晴朗和煦，沒有半點陰霾的笑容。

然而，明明他笑得如此美好，我卻只覺得胸腔一陣悶滯，看著心痛。

「你……」你沒有想過要去找她嗎？既然你有藤壺酒，那麼只要找到了人，要喚醒她應該不是太困難的事吧？我想這麼說，可話到了喉頭又嚥了回去，最後說出來的成了：「你既然這麼想，那肯定是很好的了……」

如人飲水，冷暖自知，我不該用自己的觀點去看別人，更不應該將自己的想法強加過去，那樣不但很自以為是，也是一種不尊重。

這麼想過後，悶痛的感覺頓時消減不少，取而代之的是對這份感情的佩服。妖者，真的是只要認定了什麼就會執著到底呢，藤壺君是這樣，白鳳也是這樣，執著得教人動容。

藤壺君在這個時候看了過來，又一次的，彷彿看穿我的心思般開口：

「你希望我去找她？」他將我沒能說出口的話說了出來，「為了什麼？為了在喚醒她之後，讓她陪著我待在這裡嗎？又或者，讓我陪著她走過一趟又一趟的人世？」

「這……」總比你一個人待在這守著一具屍體好吧……我搔了搔後腦勺，這話敢想不敢說，然後我看見藤壺君搖頭笑嘆。

「無論是哪一種，都不是我所希望的，因為……」他眷戀的靠在籠子邊，凝視著裡頭端坐的少女，「哪怕我找到了她，喚醒了她，那也不是與我拜堂成親的妻子，你明白嗎？對我來說芸璐只有一個，就是我眼前這個，唯一的，無可替代，即便靈魂相同、記憶相同，那都不再是我的芸璐。」

他輕聲訴說著，這段話我莫名的覺得耳熟，似乎不久前才剛聽過類似的……是了，這不就是爺爺說過的話嗎？由牧花者轉述給我的爺爺曾經的話語，跟藤壺君的想法居然是這般的重合。

我對這番話很能理解，畢竟我本來也是這樣的想法，覺得轉世之後便是一段新生，就好比阿祥在我心裡永遠是阿祥而不是雪林一樣，只是……

看著藤壺君這樣，就會忍不住地想讓他有個慰藉，一個人守著妻子的屍體千年如一日什麼的，光想都覺得發苦，可如果對方對此甘之如飴的話，那我這樣的想法就只是單純的冒犯了。

「對不起，是我欠考慮了，其實我也覺得，轉世之後就是另外一個人了，哪怕想起了不屬於自己的記憶，也不會變成那個人。」我不大好意思的說，「我知道你可能會覺得我這樣很矛盾，明明覺得不是同一個，卻還跑來求酒……」

「沒什麼，我很能理解，」他搖搖頭，最後看了少女一眼後，帶著我離開了這個房間，在將布簾重新放下後，他雖然還是不淺不淡的笑著，但笑容裡明顯地少了一抹溫柔，然後他的視線掃了過來，「你的想法跟左墨一樣，他也是這樣，明明覺得那不是同個人，卻還是想著讓我去找她。」

「爺爺他……」這倒是頗能理解，以爺爺那種喜歡多管閒事的性格，看到自己的朋友這樣絕對不會什麼都不做。

「他可比你直接多了，也不先問問我，就自顧自地把時間地點跟名字都算出來了，見我不領情，還在那邊既苦惱又開心的轉了半天。」像是想起什麼好笑的事情，他的笑意深了許多，而在我們重新回到起居室那邊後，他轉過身很認真的看著我，「雖然有些突兀，但我可以問你一個問題嗎？」

問題？「只要我能答得出來。」知無不言。

「左墨他……」他問得有些遲疑，帶著不乾脆的停頓，吞吞吐吐的，完全沒有他一直表現出的那種直接俐落，「他最後，去了哪？」

他這麼問，而我注意到他的拳頭微微地攢緊了，身體也有些緊繃，就像是想問卻又不想知道答案一樣。

我不知道為什麼他會這樣，但人家既然問了，這也不是什麼不能說的事，所以我就實話實說了：「爺爺最後是跟著青燈走的。」語出，我清楚地看見藤壺君的身體不可抑制的顫了一下，眼神也有些恍惚。

「是嗎……他真的去了歸處啊……」宛如嘆息般的呢喃，他臉上的笑容變得十分複雜，混合了幾分無奈、幾分苦惱跟幾分的果然如此，「不愧是左墨，當真說到做到呢。」

說到做到？「爺爺也跟你提過他想選擇青燈的事情嗎？」

「嗯，還打了一個賭，現在看來是我輸了，」他笑嘆道，臉上露出了類似「真拿你沒辦法哪」的微笑，就在我想追問一下那是什麼樣的賭時，他已經走到桌邊將之前擺出來的水果用藤籃給裝好，在我開口之前遞過來止住了我的好奇，「好了，你該走了，這個給你帶回去，當作一份見面禮吧。」

……多麼直接的送客法啊，連點修飾都沒有，如果不是知道他本來就是這麼直接的人，我真的要懷疑自己是不是得罪人家了。

雙手接過籃子，就在我要道謝的時候，他又從懷裡掏出一個瓶子放了進來。

「以防萬一，這個也給你，妖者對眾生醉的反應會比較大，如果回去之後那兩位還沒醒，就打開瓶子讓他們聞一聞，很快就會醒的。」

「謝謝，讓你費心了。」我很不好意思的說，好奇的看了看那個瓶子，看起來很像古裝劇裡會有的那種藥瓶，用軟木塞塞著，要用聞的啊……對沒有鼻子的紙妖會有效嗎？嗯，應該是有效的，不然藤壺君就不會給我了，而且剛才紙妖也是直接被酒氣放倒了，想來這東西跟那個酒一樣，跟有沒有鼻子跟嗅覺沒有關係。

我如此猜測著，而藤壺君接下來的補充說明讓我渾身一僵。

「這東西對消腫也很有幫助，直接外敷，可以讓你的臉好得快一點。」

……啊……臉……

啊啊啊！我在心底發出了孟克的吶喊，天啊，我居然忘了臉上的半邊殘！這個瞬間我真的很想就地挖個坑躲起來！「實、實在很不好意思，讓你看到這麼糟糕的服裝儀容……」睡衣拖鞋跟半邊的豬頭臉，真虧藤壺君能面對得如此淡定。

「沒什麼，再糟糕的我也不是沒見過，你用這種樣子出現，反而讓人更加懷念。」他說，而我想我大概知道他在懷念什麼，這時，他突然很認真的看著我，「現在有個小小的問題。」

「呃？」什麼問題？

「你打算怎麼回去？事先聲明，我就算能帶你走出這片山林，出口也絕對不是你所知道的任何一個地方，所以……」沒繼續往下說，他只是瞅著我瞧。

「我大概就先開路去彼岸，然後從那邊轉去鏡世界，最後再走鏡通道回宿舍吧。」我幾乎是毫不考慮地說出口，因為這個問題早在我摔到這個不知名地帶的時候就想過了，雖然有些麻煩牧花者，也打擾了娃娃，但如果真的要叫我完全靠自己想辦法回去的話，我可能花上十天半個月都到不了家。

聽完了我的打算，藤壺君那雙翡翠般的眸子縮了一縮，有種凌厲的感覺迫來。

「彼岸？」語音微揚，他的眉頭皺了起來，「你說的，是鄰近於歸處的那個彼岸？」

「嗯，」我點頭，「因為一點原因，我跟牧花者是認識的，所以想過去請他幫忙——」

「——不可以，」話還沒說完，藤壺君就直接打斷，對著我緩緩地搖頭，「藤壺酒，不可以被帶去彼岸。」

「欸？為什麼？」被這嚴肅而慎重的發言弄得有些發懵，我下意識的反問了。

「不為什麼，這是我與左墨之間的約定，也是他少數拜託我的事，」說完，他定定的看著我，「我不想破壞約定，還請你不要讓我為難。」

語氣裡有著不容質疑的強硬，彷彿我如果要堅持著從彼岸借道回家的話，他就會讓我永遠回不了家一樣。別懷疑，他整個人真的散發出這種氛圍，這讓我有些頭大。

跟爺爺的約定啊……看藤壺君這個架式，顯然是沒有商量的餘地了，但是不從彼岸那邊借道的話我要怎麼回去？我可是被爺爺直接拋過來的，連符道那本書都還留在寢室裡，而藤壺君就算有能力也不知道該把我送回去哪，這真的很傷腦筋。

爺爺當初為什麼要這麼說呢？

「不知道，可能是彼岸有什麼他不想喚醒的東西存在吧。」又一次看穿了我的心思，藤壺君說得輕描淡寫，我則是因為這句話而聯想起一些事情。

我想起了牧花者當初在吃茶葉菁時表現出的異常，難道，跟這有關？仔細回憶起來，牧花者在恢復正常之後的確有說他「好像想起了什麼」，也提到爺爺從來不曾帶食物過去找他的事，加上現在這個藤壺酒……

……這是爺爺不希望牧花者回想起過去的意思嗎？

「你想到了什麼？」看著我的若有所思，藤壺君狀似隨意的問了一句。

「沒、沒什麼，我就想到被拘在彼岸的那些花，那麼大一片的，把藤壺酒帶過去好像真的很不妙呢，呵呵……」被問得有些心驚，我下意識的不想把對牧花者的猜測說出口，便臨時想了個還算合理的藉口搪塞過去，「對了！你這邊有沒有鏡子？」

為了避免藤壺君看出我的心虛，我飛快地轉移話題。

「鏡子？是了，你方才提及可藉由鏡通道離開……」他沉吟了一下，就在我覺得可能有戲的時候，一桶冷水潑了下來，「很遺憾，我這裡沒有鏡子。」

「欸？」沒有嗎？

「因為沒有必要，當初移居此地時也很匆忙，就沒特意置辦了。」這麼說也很理所當然，只是我的頭更痛了，「湖水不行嗎？我記得鏡妖是可以引水成鏡的。」

「呃……每個妖都有小時候……」記得牧花者說過，水鏡得要千年以上的鏡妖才能用，娃娃再怎麼樣也就幾百歲而已，距離千這個數字還很遙遠，「或者，你剛才說的湖水具有特別的力量？像彼岸月泉那樣？」這裡靈氣那麼濃郁，那湖水想來也不差吧？

「沒有，那只是普通的湖泊，頂多就是沾染了些許靈氣，較外界來得純淨些罷了，與月泉沒有可比性。」又一桶冷水澆潑了下來。

於是場面陷入一陣尷尬，我捧著藤籃站在原地有些不知如何是好，最後還是藤壺君提點了六神無主的我。

他說：「左墨這人雖然一直很亂來，但他每次都會好好善後，這次既然是他將你送了過來，那麼想必也備有後手送你回去，所以……你是怎麼被送過來的呢？」

「我是被爺爺留下來的書……對喔，那本書！」也許書上有回去的方法！但是書在寢室沒有一起被送過來，因為它開始發光的時候我只是很感興趣的看著並沒有牢牢抓住，不過這個問題不大！

我暫時將藤籃給放下，將掌鏡給掏出來後開始呼喚娃娃，雖然礙於開口大小的關係，我人沒辦法藉由這面掌鏡回去，但如果只是本書的話，捲成紙筒狀不就塞過來了嗎？

在我的呼喚下，本來完全照不出東西的鏡面開始出現影像，裡頭慢慢出現了娃娃還有些蒼白的身影。見狀，藤壺君饒有興致靠了過來。

「好年輕的鏡妖，你的朋友？」語出，我看見鏡子裡的娃娃飛快地藏到了鏡世界的樹叢後，怯怯的只露了半個腦袋出來偷看。然後在她看見藤壺君的瞬間，我懷疑她臉紅了，不過這也很正常，因為藤壺君很漂亮，而且是能不分性別從八歲通殺到八百歲的那種漂亮。

「因緣際會認識的，幫了我很多忙呢。」我說，調整了下鏡面角度好讓藤壺君可以更輕鬆的看到畫面，「娃娃，妳現在身體怎麼樣？還好嗎？」

『已無大礙了，多謝安慈公關心……』她小聲的說，視線一直盯在藤壺君身上，然後像是想起什麼似的掙扎了一下後從樹叢後爬出來，『初、初次見面，給前輩問安。』有模有樣的拜了下去。

「嗯。」意外的，藤壺君只是淡漠的點點頭，虛應一聲了事。

感受著那明顯帶著疏離的口吻，我突然有些理解青燈之前說他太過平淡的意思在哪了，面對陌生人他幾乎是採取無視的態度，就像紙妖，好像從頭到尾都沒得到他正眼瞧過一次，而我……如果不是有著爺爺這層關係，別說要對話，他說不定連個眼神都不會給我。

不過他有倒酒給青燈呢，應該還不算太過冷漠吧……有點不想把藤壺君劃到冷漠那一塊去，我在心底這麼辯白著；可在想到青燈畢竟身分特殊，基本上沒有妖會對她們無禮的時候，我就只剩下嘆息了。

不再多想這些，我跟娃娃拜託了讓她幫忙連接我的房間後，就打開藤壺君剛送我的小瓷瓶把紙妖給弄醒。瓶子一開，有種清涼的氣息直衝腦門，提神醒腦，整個人立刻精神許多，而紙妖也搖搖晃晃的重新起飛。

『&$@&(*(^#%！？』意味不明的符號連發。

「寫中文。」

『有什麼可以為您服務的嗎？』

酒還沒醒？這客服模式是怎麼回事？礙於藤壺君在身邊，我只能在內心吐槽，然後拜託它從鏡通道回去宿舍幫我拿書，聽到自己可以幫忙，紙妖豪邁的甩了「使命必達」四個字之後就鑽進鏡子裡。

兩妖之前也常這麼合作，所以默契非常好，幾乎是在紙妖鑽進去的瞬間，鏡子就換了一個畫面，切換到已經建立連結的穿衣鏡上頭，鏡面整個黑了下去，直到紙妖把我衣櫃的門給推開後才重現了光明。

在鏡子映照出寢室的樣子後，藤壺君終於表現出除去冷淡平靜之外的情緒來，他看著宿舍裡的擺設，看著紙妖飄飛過的房間，眼裡有著新奇。

「這就是……現世的模樣嗎？多了許多從未見過的物品呢，那是什麼？」他好奇的指著電腦，在我簡略地回答之後，又指向另一側的冰箱，「那個呢？」

「那是用來保存食物的一種道具，上層可以冷凍，下層是冷藏。」我簡單說明著，然後有些疑惑的看著他，「來到這裡之前，你都沒見過嗎？」爺爺的時代電腦是少見了些，但冰箱還是有的。

「沒有，」他搖頭，沒有要多做解釋的意思，只是淡淡的說了句：「我很少跟外界打交道。」

「這樣啊……」不知道該怎麼接話，我看著紙妖將那本書捲起來帶回穿衣鏡，接著鏡面再次變黑，而藤壺君眼底的那一抹好奇也跟著消失……「你，你有沒有想過出去看看？不是希望你去找人的意思，就只是出去看看。」

看看外頭的世界，看看現在的新東西，就像白鳳那樣，「而且，現在釀酒什麼的也很發達的，有很多新東西、新技術，總會有你感興趣的……」說到後頭，我的聲音越來越小，因為藤壺君的視線看得我有些發慌。

他平和的看著我，最後搖了搖頭，「當我以為自己是人的時候，我經歷過一段人類的日子，而當我發現自己原來是半妖的時候，我開始過起半妖的生活，最後，雖非我願，但成了妖者的我也只能走上這條妖途。」

說到這裡，他停頓了下，露出了有些蒼白的笑，「出生於人世間，卻走過這三種路的我，若要我評斷，我最中意的，卻是這妖者之路……因為人類總是匆忙，半妖又太過隱忍，妖者雖不甚自由卻也是最自由的，而且，左安慈啊……」

他的視線帶了點哀傷。

「人們總是排斥異己，非我族類，其心必異，哪怕我曾經也是他們之中的一員，也沒能將這份排斥降上幾分，所以，謝謝你的好意。」

他這麼說，這段話雖然說得平淡，卻給人一種千瘡百孔的錯覺，讓我不敢多說什麼，只能乾澀的「喔」了一聲做回應。

紙妖這時已經把那本書捲著送了過來，它本身沒有跟著出來，而是選擇在鏡子裡跟娃娃待在一起，就不知道它是單純想陪娃娃，還是不想繼續留在這邊自討沒趣。我將書翻到之前字發亮的地方，再往後翻一頁。

『**小慈親，要回去了嗎？**』仍舊是爺爺的留言，爺爺準備的果然是來回票，問題解決了，這讓我心情一鬆，接著就看到爺爺額外的交代，『**回去之前，幫爺爺給藤壺君帶句話。**』

我看了下去，再看到那句話的時候有些猶豫的看了看藤壺君。

「怎麼了？」

「呃……爺爺要我跟你說，『願賭服輸，哈哈哈』……」我很糾結的照著爺爺的要求把全句說了出來，最後那三個哈字讓我尷尬得要死，但不說又不行，因為爺爺說要是我沒照他的要求來，送我回家的字就不會開，面對這樣的威脅，我只能硬著頭皮上了。

聞言，藤壺君基本上還是維持著一貫的淡定表情，但我看見他的眼皮抽了一抽。

「確實收到了，我會記著的，」語速很平緩，可我覺得在這話的背後似乎醞釀著某種狂風暴雨，「作為你帶話的回應，我也替你帶個話吧？」

「啊？」

「我與左墨相熟，便是將來去了歸處，哪怕地方再大，只要多花些時間想來也是找得到的，」他淺笑道，「你有什麼話想對左墨說嗎？」

有什麼想跟爺爺說的？

聽到這話，我的腦子有一瞬間是空白的，好奇怪，明明有很多話、很多事想跟爺爺說，但當真的有人問起的時候，我反而什麼都說不出來，只能傻傻地張著嘴，開開闔闔的，最後又閉了回去。

「不用了，」我聽到我這麼說，不好意思的笑了笑，「其實也不知道該說什麼，我就想知道，他過得好不好……」這也是我最初尋找青燈的初衷，不過，「我明白，這只是我放不下而已，爺爺那樣會過日子的人，不管到哪裡都會好的，對吧？」

「確實如此。」他瞭然的點頭微笑，「那麼，我就將你這番話告訴他吧。」

「謝謝……」我微赧的搔搔頭，而就在此時，也不知道是爺爺算準了時間，還是我這句話就是關鍵字，爺爺留下的字再次發出了光，霎時間我有些欣喜，可緊接著就是臉色慘白，因為這意味著我得再品嘗一次那可怕的七百二十度空中過山車兼轉轉咖啡杯。

看到這金光燦燦又閃現，鏡子裡的娃娃果斷關閉了掌鏡的連結。這時，我突然理解了紙妖躲進鏡子裡的真正原因，才不是什麼進去陪娃娃也不是什麼不想自討沒趣呢，它只是單純的不想再來一次恐怖的空間跨道而已！

所以說現在只有我一個人要再來一次嗎！

意識到這點，我的臉色越發僵硬，注意到我這可怕的臉色，藤壺君過來將藤籃重新放到我手上，以一副過來人的模樣，語重心長地安慰道：

「多忍忍吧，不過就幾秒鐘的事。」他說，眼神裡有著憐憫，右手握拳微抬，「需要我先敲暈你嗎？」

瞪著那個拳頭，我吞了吞口水。

「我想……這就不必了，不過，你也……」搭過爺爺的便車嗎？

「嗯，那真是個惡夢，只是沒想到過去這麼些年，他的跨道技術還是沒長進。」金光漸盛，他退出了光芒能照得到的範圍，「那麼，一路走好。」

他沒有說再見，大概是覺得我跟他之間該是再會無期了，這讓我的心情有些酸澀，就在光芒還沒亮到最高點時，也不知道我的腦袋搭錯了哪根弦，我快速地將娃娃的掌鏡放到桌上，然後抱著藤籃退開。

「以後要是有什麼我可以幫上忙的地方，就用這個聯絡我吧！娃娃會找到我的，還有……」我看著他錯愕的臉，光芒越來越亮，我已經隱隱感覺到一股歪曲的感覺正快速地在腳下產生，當下，我也沒辦法想太多，只能把自己最原本的思考全喊出來。

「如果、如果哪天妖者可以跟人們一起生活在這個世間了，你就出來看看吧？也許你對外面很失望，但我相信不管是人是妖還是半妖，只要能互相理解，總有一天一定能和平共處的！到時候請你一定要出來看看，我——」

——我願意成為橋梁！

沒能把話說完，我被一陣充滿著扭曲的暈眩感給扯了進去，緊接著就是噁心無比的天旋地轉。而在被扯進那如同漩渦一般的歪斜之前，我看見的是藤壺君驚訝卻又帶了點理解的表情。

然後？然後就沒有然後了，早先我也說過，這種綜合了各種驚嚇系旋轉系心跳系……等遊樂器材的移動方式，只要再多上幾秒我肯定會直接暈過去，而這次的移動很顯然地比之前還要多上了好幾秒，所以我就很喜聞樂見的倒地去了。

倒地之前我還死命的確認了自己的落腳處，在確定自己真的回到宿舍之後，才很認命的倒下。在倒下的那一刻，我想的居然不是等下阿祥回來了看到我倒在地上會有多驚嚇，而是今天有沒有擦地板這種鳥問題。

雖然昏得很徹底，但我並沒有暈太久，在阿祥上完課回來之前很險的醒過來了。否則不但會讓阿祥看到我昏倒在地，連那詭異的半邊殘也會被看去，到時候可就是百口莫辯了。

後來我想起這件事，總覺得自己實在是運氣好，畢竟當時我暈了，青燈沒醒，娃娃的掌鏡讓我留給了藤壺君，衣櫃的穿衣鏡又是固定在門板上的，她就算想幫忙叫人也有心無力，總不能為了飄到我身邊而把穿衣鏡拆下來吧？所以現場就只剩下那張紙還有點用。

但正所謂紙妖能靠譜，豬都能上樹，哪怕它很認真的努力過了，就結果來說我還是覺得它什麼都不要做可能會好一點，這種感覺在我醒來的那個當下尤其強烈。

頭暈暈腦晃晃，在我扛著各種不適掙扎著醒來時，眼前是一片純白的海洋，嗯，紙做的海洋，這讓我瞬間清醒，爬起來的時候還因為動作太急差點再度摔倒。

我用最快的速度觀察四周，房間裡只有我一個，門還是關著的，時間……很好，不考慮蹺課的問題，阿祥應該還在上課，真是謝天謝地，我不用替自己的暈倒跟臉上的半邊殘想藉口了，但是這堆紙是怎麼回事？

「紙妖你在幹嘛！」我有些生氣的開始收拾地上除了紙張之外的東西，藤籃翻倒了，裡頭的水果落了一地，其中還包括了裝著藤壺酒的瓶子跟藤壺君後來給的那個用來醒酒的小瓷瓶，看到那兩個瓶子，我真是驚出了一身冷汗。

好險瓶子沒事，不然這一趟可就白走了。

『小生很努力的想將安慈公叫起來，但安慈公都沒反應，小生只好更努力的叫……然後就變成這樣了……』它頗為委屈的寫道，紙面用浮水印寫滿了困惑兩字，『好奇怪，明明早上這麼叫有用呀，怎麼剛才就喚不醒呢，小生可是把全部的紙都砸下去了呢。』
全部……我的臉青了一半，如果不是現在沒那個力氣發火，我絕對會把紙妖這樣這樣那樣那樣的洩憤，「快把這些收好，哪弄來的放哪去！」
『喔……』委屈。
委屈個屁！都說了不要動那些沒開的搭波A了，這次居然給我全開掉，真是讓我氣不打一處來；可一想到它只是急著想把我叫起來，這狠話又罵不下去了，唉，我果然是個爛好人……
把藤籃裡的東西收好放到桌上，我拿出了備用的室內拖穿上，本來穿的因為走山路的關係現在已經破破爛爛不能用了，還把房間踩了一地泥，我只能很悲催的扛著不舒服的感覺把地給擦過一遍，搞定之後再去把自己打理乾淨，在打開衣櫃的時候還跟娃娃道了歉。
「對不起啊，沒經過妳的同意，就把那鏡子留在那了……」說到這我還有些臉紅，當時也沒想太多，就是想留個聯絡方式給對方，回想起來這個舉動實在是太自作主張了，「我、我明天去買一個新的賠妳！」
『不要緊喔，』娃娃的臉紅撲撲的，意外的很開心的樣子，『藤壺君是好人呢，他知道娃娃的爺爺，還請娃娃喝了酒，甜甜的，非常好喝喔！』
「欸？」那個傳說中的鏡妖爺爺嗎？難怪了，之前娃娃跟他打招呼的時候他的反應那麼冷淡，我本來還擔心娃娃的鏡子留在那邊會遭冷眼呢，畢竟藤壺君對待自己人跟非自己人的態度可是天差地遠，現在知道娃娃也被他劃進了自己人的範圍，我算是放心多了，「這樣就好，酒不能喝太多喔。」

『嗯，沒問題！』她說，緊接著打了個酒嗝，鏡面一晃就變回了本來的模樣。

……真的沒問題嗎？

鏡子映照出我擔憂的臉，那半邊殘的擔心表情實在很有礙觀瞻，我搖頭不敢再看，迅速抓了衣服去浴室沖了個澡，洗澡的時候滿腦子還想著藤壺君的事，想著自己最後沒能喊出來的話。

我願意成為橋梁。

一個想法慢慢的在心中定型，如果、如果我真的能成為這座橋，那麼，妖者的視野是不是能因此擴大？生活是不是可以更多選擇？而人們也會減少因為不理解而產生的害怕及誤會，其實大多數的妖者本性都是好的，就跟我相信世界上還是好人占大部分一樣。

但是這個橋樑具體上應該怎麼做呢？如果只是替少數進行溝通那其實不難，但如果想要將這份心情擴大出去，那可就麻煩了，畢竟，我再怎麼樣也只有一個人……

我很認真的想著，可惜思緒卡在一個階段後就再也想不透了，而當我洗好澡出來，用那個小瓷瓶將青燈也喚醒之後，我不得不將這份思考暫時放下，開始想另一邊的事。

「這邊的得先處理啊……」

一身清爽的坐在位置上，我面色嚴肅的瞪著手機的 Line 畫面，上頭有白鳳傳來的未讀訊息，十個，這讓我整個頭皮發麻，深呼吸吐氣了好幾次才顫顫地點開來看。

最近的一條：『居然敢不看本座的訊息，小子膽子挺大啊？想再被踹一次嗎？』

冤枉啊！我不是不看，是被爺爺傳走的時候沒能帶上手機啊！

往上拉，其餘的內容有問哪裡有好吃的、問附近哪邊有不錯的夜店可以泡的，當然還有問目前進度的，最後就是對於我都沒看訊息而發的牢騷跟怒氣了，就在我想著不回訊息可能會有生命危險的時候，新的訊息傳了過來。

『小子回來了？』來自白鳳，後面還加了個憤怒的表情圖示。

我手一抖，手機差點沒掉下去，這傢伙是守在手機旁全程監控嗎？不然怎麼我一看完訊息就被逮到了？

『嗯。』再不情願也得回，不然我怕下一秒白鳳就會殺過來。

『剛才幹什麼去了？坦白從寬。』她的打字速度意外的快，下一條訊息很快就敲了過來。

我：『去給妳找酒啊……』

『那找到沒？』

『找到了。』送出，然後那端沉默了很長一段時間，一直到我開始懷疑白鳳的手機是不是沒電了的時候，那邊才象徵性的回了一個字：『喔』，連標點符號都沒有，看著這個字，我只覺得腦門上布滿了黑線。

這是怎樣？別光是「喔」啊，我幫妳找到酒了之後呢？東西是妳逼著我去找的，現在找到了，妳總得告訴我什麼時候過來拿吧？這玩意也不知道有沒有保存期限，要是到時候效力沒了我可沒那個臉皮再去要一壺啊！

我精神緊繃的握著手機，眼睛一眨不眨的盯著聊天畫面，等到差點按捺不住的要傳訊過去直接問個明白時，白鳳終於敲了過來。

『今天晚上，我過去。』

『來我們學校？』

『不，你們宿舍，你不是跟他住一起嗎？他晚上是在的吧？』

……

『在是在，可我們這是男生宿舍。』我有些僵硬的表態。

『所以？』

還所以？妳一個千嬌百媚的大美女晚上直接過來，我怕宿舍會暴動啊！『我覺得不太好，要不，我出去找妳吧？』

『不必，哪那麼多忌諱，就這樣，晚上見。』

接下來就沒有回音了，連續發了幾個訊息都是未讀一直線，這讓我有點崩潰。

「妳好歹說一下幾點啊……」我抱著手機哀鳴，只講個晚上不清不楚的誰知道啊！

而且這個酒是什麼時候喝下去好？喚醒的效果可以持續多久？「應該……不會一直醒著吧……」雖然很想讓他們好好談一談，可是，我同樣也很希望阿祥能夠繼續是單純的阿祥啊。

拿起那個布滿了紅色網絡的瓶子，我現在的心情實在很複雜，不過事已至此，也只能繼續走下去了，「青燈。」

『奴家在。』

「如果到時候真出了什麼狀況……」

『奴家省得，請安慈公寬心，』很意外地，青燈並沒有阻止的意思，這讓我詫異的看了她一眼，得到了她坦蕩的回覆：『既然牧花者已經同意，那麼奴家自然沒有反對的理由，屆時，奴家會幫忙開道的。』

「……謝謝。」我鬆了一口氣。

『安慈公客氣了。』

而後我就在一片忐忑之中，等待約定好的夜晚到來。

『你輸了。』

『嗯，我輸了，你有一個好孫子。』

『那當然，他可是我的孫子啊！』

彼岸的那端，屬於左墨的光影如此笑道。

這是很久很久以後的事了。

青燈・之六 真實

真假是非自在於心
虛實對錯但觀於目

待在宿舍裡等阿祥下課的這段期間意外的難熬，本來還想找紙妖聊聊天舒緩一下自己緊張的情緒，可當我這麼想的時候才發現，紙妖那小子不知何時沒了蹤影。

「青燈，妳有看到紙妖嗎？」

『紙爺？奴家醒來之後便沒瞧見了，難道不是您將它派出去了嗎？』青燈有些驚訝的說，而我則是愣了一下。

在青燈醒來之前就不見了？所以是在我洗澡出來之前它就跑了？這是跑去了哪？難道……「它不會被關在鏡世界那邊了吧……」

『關？』青燈歪了歪頭，她還不知道娃娃喝酒的事情。

「沒、沒什麼，」鑽去鏡世界，結果卻因為娃娃醉倒而被關在那裡這種事，相信紙妖也不會希望被太多人知道，「我想它過陣子就會自己回來了。」等娃娃酒醒。

想著紙妖被關在那邊可能會有的委屈樣，我的心情默默地晴朗了不少，可在我接到阿祥打過來問我晚餐要吃什麼的電話時，這樣的晴朗又迅速蒙上了陰影。

聽著電話那頭的聲音，我差點就要說自己想吃新竹的炒米粉，要他現在就衝去幫我買回來……不對，是就躲在外面暫時不要回來了，可這個念頭我最後還是沒說出來，跑得了和尚跑不了廟，再怎麼把人支開，阿祥還是會回到宿舍的。

「幫我買個餛飩麵，大碗的……別放香菜，就這樣……」於是我沒精打采的點了我的晚餐，愁眉苦臉的看著手中的酒瓶。就在我準備嘆出本日的第Ｎ口氣時，身後傳來了一個讓我驚嚇到差點把瓶子摔出去的聲音。

「你那是什麼哀怨的情緒？背影叫人看著都發酸，難道是不歡迎本座？」白鳳用那隨時隨地都帶著自我中心的語調說，完全沒意識到自己的突然出現有多嚇人，「唉唷？怎麼著？本座又不是鬼，用不著嚇成那樣吧？」

妳這種出場方式跟鬼片也差不了多少了好嗎！

「下次，麻煩走正門……」我死命抱緊差點被我摔出去的酒瓶，驚魂未定的看著不知道從哪冒出來的白鳳，「妳怎麼進來的？」因為知道她晚上要過來，我窗戶窗簾什麼的都關得很嚴實，就怕被人看到。

她老樣子的飄在半空中，裝束跟我上次看到的差不多，不過，如果換成普通人來看的話大概只會看到一個普通的職業ＯＬ吧，從某方面來看，這一手跟幻形符有著異曲同工之妙，跟在她身邊飄著的是一袋熱食，裡頭冒出的香氣讓人食指大動，聽到我的疑問，她挑了挑眉。

「本座在你的手機上下了記號，以那個為座標直接跳過來的。」她不是很在意的說，一點也不覺得沒經過人同意就在別人的東西上弄記號是什麼糟糕的事，「本座帶了吃食過來，有沒有桌子啊？擺出來。」

「怎麼突然想到要帶這些過來？」我聽話的把折疊桌搬了出來，看著白鳳將那袋食物拿出來擺好，都是一些說不出名堂的小炒，但聞起來很不錯，想來味道也不會差，想起她之前傳訊問我的哪邊有美食可以買，難道當初她就已經想好要帶吃的過來了？

「算是賞你的一個藉口，你等下就能跟他說本座是探病來的。」
「喔，」這樣也好，省得到時候還得想別的藉口唬弄阿祥，「這些哪裡買的？」
「沒得買，都是本座做的。」
語出，一串驚嘆號從我腦門奔騰而過，在那個瞬間，我的錯愕強烈到差點能凝虛化實的在身後變成背景字的程度。
這個……吃了不會死人吧？
「不管你現在正在想什麼，最好都給本座收起來，」她語帶威脅的睨了過來，那視線讓我覺得自己很像是一隻被蛇盯上的青蛙，「不是什麼人都能吃到本座親手烹製的食物的，你應該感到榮幸。」
「是是是，我好榮幸……」很從善如流的應和，接下來她也懶得繼續說話，飄在那裡神色凝重的不知道在想些什麼，而我估算著時間，到了阿祥差不多該回來的時候，我起身拿了幻形符撕開，這個舉動引起了白鳳的注目。
「那是什麼低劣的偽裝？」毫不客氣的批評，白鳳看著我身邊飄散的符片大皺其眉，「真是粗糙，你就沒有好一點的嗎？」
……這是我現階段能做到最好的程度了……我撇撇嘴，心裡也知道自己這手符在白鳳眼裡大概連渣都不算，「只是用來遮掩一般人的眼而已，就別要求太多了……」
「要蒙混普通人的話，與其用這個還不如來找本座呢，保證一勞永逸，你這個玩意實在……」她嫌棄的沒再說下去。

還敢說呢，這張臉是妳一手造成的好嗎？不過，「什麼一勞永逸？妳要幫我治好另外半邊？」有這麼好心？

「想太多了小子，」她燦爛的笑開，「自然是再給你一拳，這樣不就對稱了嗎？」

「……多謝好意，我還是用這個符就好，」認真的拒絕，我看著滿桌熱騰騰的菜色想了想，掙扎片刻後，才將一直緊抱在懷的酒瓶遞了過去，「妳要的酒。」

出乎意料的，白鳳並沒有立刻將瓶子接過去，而是渾身僵硬的看著那個瓶子，眼神底有著一閃而逝的退縮。

我大概能明白她的心情，可能有點類似於近鄉情怯？這個成語用在這裡似乎有些不太搭，但情境上是差不多的，就像是追尋已久的東西就近在眼前，卻遲遲跨不出最後那一步一樣。

她飄落在椅子上，先是調整著桌上的菜盤位置，接著又擺起免洗筷什麼的磨磨蹭蹭了一陣。等到我的手已經拿得有點痠了，她才將酒瓶子接過去，在她的手碰到瓶子的時候，我清楚地感覺到她的顫抖。

「……妳沒事吧？」雖然知道這份擔心可能有些多餘，但是看著她這種失常的樣子，我實在害怕她等下會自顧自的陷入那種活像精神分裂的思考模式，那樣的話我可能會選擇逮著阿祥直接跑路，「阿祥馬上就要回來了，妳……」

「囉嗦，本座的事情輪不到你操心。」她佯怒的瞪了我一眼，「對了，你等等離他遠一點。」

「為什麼？」我警戒的看著她。

「做啥那個臉？我只是怕你把藤壺酒給分了去，到時候效力會不夠，你那什麼防賊的眼神？」她很不滿的說，對此，我表示聽不太懂。

「我又不會跟他搶，那酒我喝了也沒用啊……」

「你蠢嗎？」白鳳很鄙夷的看過來，「藤壺酒不是用喝的，你都親自把酒要回來了，居然連這種事都不知道？」

「啊？」不是用喝的？

「藤壺酒雖名為酒，但事實上，這酒僅僅只有酒香而已，你抱了半天的瓶子，有聽見裡頭曾傳出什麼像是液體的聲音嗎？沒有吧？」她將手中的瓶子晃了晃，裡頭真的是寂靜無聲，「所以等等開瓶，你小子給我離遠點，別把香氣吸去了，明白？」

「……喔……」又被教育了一次，還是被個魔道教育，我總覺得有些面上無光，只能摸摸鼻子感嘆自己的常識不足。

她見到我這服軟的態度很是滿意，本來還想著繼續說些什麼，卻突然整個人緊繃起來，接著就迅速將本來還帶了點風月氣息的二郎腿給放下，改為頗端莊的坐姿。這樣的改變讓我有些發愣，而下一秒我就知道這是為了什麼。

宿舍的門開了，阿祥買好晚餐回來，他在門口處一邊脫鞋一邊抱怨外頭很熱，還是宿舍有空調好什麼的，然後一腳踏進來看到白鳳跟那桌子的食物後，他整個傻住了。

個女人。

「……安慈？」他有些不知所措的看著我，顯然沒想過房間裡會有其他人，還是

「咳嗯，這位是……你也見過的，就是之前把我送去醫院的那個好心人，她特地帶了東西來看我，想確認一下我的恢復狀況，嗯，大概就是這樣……」說完這串聽不出破綻的藉口後，我還很認同的點點頭，自己唬爛的本事真是日益見長了，也不知道是好是壞。

而在聽了我說完這個連我自己都覺得很合理的介紹之後，阿祥立刻接受了這個「設定」。

「原來是妳啊！上次真的太感激妳了，還想著哪天等安慈傷好了要請妳出來吃個飯的，結果反而是讓妳破費了……（以下略）……重新自我介紹一下，我是梁佑祥，安慈的室友，小姐怎麼稱呼？」

他笑得像個傻子，將手上的東西放上桌之後，完全無視了我在一旁努力使的眼色，逕自伸過手就要來個友好的招呼。看著這一幕，我就像看到一個自己主動撞到槍口上的人，心裡那個冷汗直冒。

白鳳若有所思的看著阿祥，也沒讓他太尷尬，很給面子的跟他握了握手，「……敝姓白。」

「是白小姐啊，妳好妳好。」他繼續笑得一臉傻樣，湊到我旁邊坐下，一邊把我點的餛飩麵擺過來一邊似模似樣的指責，「安慈你真不會招待客人，冰箱不是有飲料

嗎？居然不見你拿出來，滿桌子都是人家帶來的菜……（繼續下略）」
因為她不是客人，是土霸王，她真的要喝的話我哪敢說不？問題是她並不想喝好嗎，我對阿祥翻了翻白眼，本來想要敷衍幾句的，卻看到白鳳瞇著眼睛看了過來。
去拿飲料。她的眼神這麼說。
不是吧，妳真的要喝啊？我錯愕，一時間沒反應過來，直到看見她將手裡的藤壺酒晃了晃，我才意識到她要幹嘛，這讓我的心猛地一沉，好吧，事已至此，伸頭是一刀縮頭也是一刀……「你們要紅茶還是可樂？」
「我要奶茶。」阿祥。
「雪碧。」白鳳。
……我剛剛說奶茶說雪碧了嗎？阿祥就算了，他天天都會往冰箱塞存貨，可為什麼白鳳大大妳會知道我們冰箱裡有雪碧?!注重一下隱私別到處亂看好嗎！
阿祥：「哇！白小姐妳真厲害，怎麼知道我們冰箱裡有雪碧？那是我昨天……（再度下略）」
我自動遮蔽了阿祥的連番自來熟，有些擔心的走去冰箱那邊作勢要拿飲料，就在我離開一段距離後，我看見白鳳動作僵硬的把那瓶子遞到阿祥身前。
「嗯？這是什麼？」阿祥有些不明所以，但還是很老實的接下了瓶子，「好復古的瓶子啊，上面的花紋真特別，裡頭裝了什麼？」
「……裡頭裝了酒，我自己打不開，你幫我開好嗎？」很難得的軟聲軟語，聽在我耳底差點忍不住想開口問句：您哪位？

「喔，好啊，交給我！」阿祥不疑有它，抬手就開始擰那個瓶栓子，還別說，那栓子真的塞得很緊，也不知道藤壺君當初怎麼弄的，沒花點力氣的話絕對拔不開，當然，這點力氣白鳳肯定是有的，但我也相信她這番舉動並非矯情，是真的打不開那個瓶子。

不是力氣不夠，而是心理問題——她不敢開。

等了這麼久、追了這麼久，甚至為此入魔，最後能得到的答案究竟是什麼？是會讓她徹底癲狂，還是會讓她就此脫離魔道？不管是哪一種，我想，應該都是一種解脫吧。

我就站在冰箱旁看著阿祥努力跟那栓子奮戰，當有美女在前的時候他總是非常靠譜的，用不了多久，他就將那栓子給拔了出來。

「嘿！搞定！」他很開心的這麼說，沒注意到在那一瞬間，我跟白鳳的臉色都變得非常不自然，白鳳是蒼白，我則是僵硬，兩個綜合起來大概能去演恐怖片。

瓶裡的「酒」在栓子被拔開的瞬間飄了出來，那是一縷帶著淺淡緋紅的氣息，此時就纏繞在阿祥身邊，我跟白鳳都緊張的看著阿祥，聽著他很單純的讚嘆道：「這是什麼？酒？好香啊，我從來沒聞過……這麼香的……」

他的話越說越慢，說到後面已經帶上了恍惚的味道，白鳳的臉色看起來更糟了，我也不遑多讓。因為那股緋紅色的氣息跟著飄了過來，讓我差點就跟著陷入那一派恍惚中，之所以沒真的陷進去，是託了青燈的福，她早早預料到會有這樣的情況，所以在阿祥還沒打開酒瓶前就先一步遁入了打火機裡，然後在這要緊的時刻逼出火苗來把我驚醒。

『安慈公，藤壺君給的小瓶。』她一邊放火焰，一邊將那個可以用來醒酒的瓷瓶用煙袖捲送到我手上。我死命撐著意志把瓶子給打開，霎時間，一陣凜冽的清涼衝上腦門，那緋紅的氣息像是被這股清涼給逼退一樣不再靠過來，讓我頓時感到輕鬆不少。

可阿祥跟白鳳那邊就沒這待遇了。

散出來的「酒」集中在他們倆身邊，帶著惑人的芬芳甜美。白鳳剛開始雖然也有心抵抗，但沒多久就跟阿祥一起出現了恍惚的神情，而就在這時，阿祥的手終於拿不住酒瓶，乒啷一下，那布滿了紅色網絡的瓶子被他失手摔上了地，碎了。

然後有什麼在這聲碎響中醒來。

「不對……」低著頭，阿祥輕輕地說，看著自己剛才不小心摔碎瓶子的雙手，「我聞過這個味道……我知道這是什麼……這是在夢裡，那個好看的人釀的酒……」他小聲的低喃，像是在自言自語，接著只見他抱緊腦袋，喉間溢出了壓抑的呻吟，這讓我的擔心飆升到最高點！

「阿祥？」這什麼狀況？這樣是正常的嗎？我急得想直接衝上去把手裡的瓶子也給阿祥聞了算了，可青燈的煙袖拉著，對面的白鳳也直勾勾地瞪著，這讓我沒辦法有更多的動作，只能在原地急得跳腳，「白鳳妳給我清醒點，不是有話要問的嗎？別只顧著恍神啊！」

因為太過心急，我有些口無遮攔，要是換做平常我絕對不敢這樣跟白鳳說話。白鳳對我這明顯帶了冒犯的話沒有反應，她像是被酒香刺激到了，整個人再次呈現出那種跟精神分裂沒兩樣的思考裡，一會兒哭一會兒笑。只是這次跟之前幾次有個明顯的不同點，那就是不管她表現出怎樣的癲狂，視線都緊緊鎖在阿祥身上。

那是一種近乎偏執的專注，讓人看了心都在抖，而我剛才喊出來的話雖然沒能讓白鳳接收，但場內卻有另一個人聽了進去。

「白鳳？」是阿祥，不過我現在已經無法確定他還是不是我認識的那個阿祥。平時總是笑得傻乎乎的他，此時的側臉意外地有種沉穩的感覺，說話的口音也變得不大一樣，明明是每天都在看的皮相，明明是同一個聲音，我卻覺得眼前的人十足陌生。

剛開始，「阿祥」的臉上是困惑的，像是睡了很久的人突然被叫醒，腦子還不太靈光，對外界的反應也比較遲鈍一些。他呆呆地看著身前滿桌子的菜，轉頭看了看我之後再看向那個還沒回過神的白鳳，就這麼凝神望了許久，直到那些緋紅色的氣息全數耗盡後，他笑了，張口又喚了一聲：

「白鳳。」

這一笑，就像是將某些陰暗的角落徹底點亮般，單單只是看著就給人一種溫暖的感覺。白鳳那不穩定的狀態在這份笑容下慢慢得到了平緩，而後，彷彿被這抹笑給感染般，她的嘴角也勾起了一彎淺笑。相較於他們的平和，我的心卻是沉了下去。

那不是阿祥了。我有些難過的這麼想。緊握的拳頭讓指甲深深陷入掌心，隱隱生疼。

接下來沒有我想像中的對峙場面，也沒有激烈的質問還什麼，這兩個在對著彼此笑了一笑後，做出了讓我目瞪口呆的舉動。

他們開始吃飯，兩人還很熟稔地替對方布菜，這讓場面莫名其妙變得溫馨起來，看著那互動良好的畫面，我突然強烈的懷疑是不是我翻頁的方式錯了，不然怎麼會把應該是血腥的場景翻成了溫馨呢？

就在我糾結不已的時候，「阿祥」轉過頭來：「你……」他歪著頭，看著我的眼神有些陌生，卻也帶著一絲親近，「一起過來吃吧？」

「……好。」雖然心裡千萬個不想過去，我最後還是開口答應了，只是心底的艱澀只有我自己知道。白鳳對此沒有任何表示，就像個小媳婦一樣默默坐在對面，臉上很平和，看不出來在想什麼，一頓飯，這兩人充分表現出食不言寢不語的良好習慣，半句話都沒有，直讓我吃得如坐針氈。

這是暴風雨前的寧靜吧……暗地觀察著兩人，我食不下嚥的嚼著麵條，莫名覺得胃好痛。

如果這種溫馨場景能一直持續下去的話那也不錯，可惜這只是我的奢望。就在我吃完最後一根麵條時，白鳳也不管我是不是還想把湯給喝完，直接一個揮手，什麼菜啦湯碗啦筷子啦……等等在她一揮之下統統消失得無影無蹤。

這種時候還在想著廚餘要分類的我肯定是腦子有洞。

「為什麼？」白鳳笑得跟剛才殷勤布菜時一樣溫婉，只是此時的笑意並沒有達到眼底，她定定地看著阿祥……或者說雪林，在方才那一頓飯的時間裡，她很確定眼前的人是誰了，「為什麼把我賣給那個老頭？」

這是要進入正題了，我不著痕跡的往阿祥身邊靠了靠，以便在白鳳暴走時能第一時間撈人跑路。

「我沒有，」他很平靜的否認，眼底有一絲難過，「我從來沒有出賣過——」

「——你騙人！」溫婉被猙獰取代，白鳳那種不穩定的感覺又出現了，她猛地站起，右手曲成爪狀狠狠地往自己的心口插去。詭異的是，她的手掌明明已經整個埋進胸腔裡了，卻沒有半滴血流出來，她的手像在掏什麼東西似的深深地挖著，扭曲的臉孔迸發出深沉的恨。

這個舉動把我嚇呆，雪林也是一陣錯愕，慢了半拍才反應過來要阻止；卻在他急著起身的時候，白鳳的手抽了出來，砸了一塊散著溫潤光澤的東西到雪林身上。

那是一塊玉珮，我認得，這是那個老頭拿在手中把玩的，當年壓垮了白鳳的最後一根稻草。

「沒有出賣我的話，當初這個怎麼會在他手上！」她怒吼著，白皙的臉上升起明顯的黑氣，這讓我整個人警戒到最高點；雪林則是拿著那玉珮，在原地愣了好半晌才回神。

「怎麼回事?你為什麼還沒用掉它!」他驚怒的急道，上前就想將玉珮塞回給白鳳。但是白鳳就像被踩了尾巴一樣的跳開，臉上的黑氣越冒越多了，看到這情形，不只我急，雪林更急。

「聽話!」他企圖去拉白鳳，卻一次次被甩開，手上被劃出不少爪痕。

「我不需要你的假惺惺!」

兩人你來我往的，白鳳很顯然陷入了暴怒的狀態，不止爪子，連尖牙都露了出來;雪林則是拿她一點辦法也沒有，而在白鳳那激動的控訴下，我斷斷續續地捕捉到不少來自遙遠過去的訊息。

其實一開始的白鳳並沒有要找雪林的打算，入魔之後，她只是不停的遊走於人世間，盤桓在腦海的只是一個簡單的念頭:「殺光天底下的騙子」，所以她利用了妖狐的天賦變幻出各種樣貌，或男或女，無一不俊俏美麗，她用那惑人的皮囊去接近人、考驗人，然後在發現他們說謊的時候，挖出他們的心吃掉。

因為初時死在她爪下的都是些讓世人也頭痛的傢伙，所以有很長一段時間，她的行為並沒有引發什麼關注，直到後來她不再滿足於四處尋找騙子，改而誘騙他人說謊後，事情就鬧大了。

雪林就是在這個時候領了天命下來凡界協助人們斬妖除魔的，本來一切都很順利，只是他萬萬沒有想到，在除魔的過程裡，居然會發現一個帶著他的玉珮的魔狐……

兩方相遇的時候，震驚有之、欣喜有之，但更多的是錯愕，白鳳那邊還多了一股更濃烈的情緒——憤怒，而這個情緒對當時身為一名純粹魔道的白鳳來說，是凌駕於任何情感之上的。

對談無用，一個真正的魔根本不會跟你講道理，白鳳跟雪林之間自然是有了一次的惡戰。這場戰鬥持續了好些天，最後，雪林以自己的仙體為代價給了白鳳淨化的契機，並且將殘存的所有仙氣都灌入玉珮之中，埋進白鳳體內以期讓白鳳能繼續完成剩下的淨化，做完這些之後，他便開始了百世的輪迴。

白鳳是從那時候起才開始追逐雪林的身影，她不懂雪林為什麼要這樣，明明是個騙子，明明出賣了她，為什麼在最後卻要替她做這些事？可憐她嗎？她不要！所以她執拗的將雪林最後留給她的玉珮保持原樣，決心要在找到人時，把東西原原本本的扔回去。

她做到了，夾帶著無比的憤怒與委屈，她終於把那塊不知折騰了她多少歲月的玉珮給扔了回去。對此，雪林是驚駭的，他從沒想過這塊玉珮居然會完好如初的回到自己手中，不單外表完好，連裡頭的仙氣都沒損上半分。

於是，爭執，生氣，心痛。

這樣下去別說好好談談，只會把狀況弄得更僵。

「你們先冷靜一下……」我喊，然後沒人理我，那兩個繼續在爭吵……噢，說爭吵有點不大對，因為基本上在罵人的只有白鳳那方，雪林有點像是罵不還口打不還手，而我這個場外的在努力吶喊半天沒效果後，也火了。

當我透明人啊？

咬牙，我心一橫手一揚，用力地將手裡的東西朝兩人中間那塊地板砸了過去——

——乒啷！

又一次瓶子破碎的聲音響起，伴隨著能讓人瞬間清醒的洌香。白鳳臉上的黑氣在這剎那間消褪了不少，雪林頓在原地，轉頭用很不可思議的眼光看著我，世界在這一刻安靜了。

我死命給自己壯膽，一個深呼吸吐氣，力圖鎮定的說：「你們，好不容易見上面了，不該只是為了發洩情緒吧？時間寶貴，有什麼該說的話不趁現在快點說完的話，我可不知道你們未來還有沒有再見的機會。」

語出，加上那股濃烈冷香的幫助，白鳳看似冷靜了不少——至少爪子牙齒收回去了——雪林則是有些慚愧，很客氣的跟我道了謝，讓我渾身不自在。

看著阿祥那張二貨臉這麼誠懇的跟我說謝謝，真的是太不習慣了，「不用謝，你們快點談完，然後……然後就快點把我的室友還給我……」那張臉還是適合傻笑啊。

「嗯，我會的。」雪林很認真的說，抬手一抓，硬是將白鳳的手給拉了過去，「我並沒有給他玉珮，」他說，在白鳳傻住的時候將玉珮放到她的手心，包起，「我也不太清楚你說的人是誰，其實我……我一直以為你死了……」

「你說什麼？」尾音拔高，白鳳額上青筋暴出，大有要把眼前人直接吃掉的氣勢，「我什麼時候死了？」

聽著這個帶著怒氣的質問，雪林面上很尷尬，尷尬之餘是滿滿的愧疚。

「就是我下來找你的時候……」

「等等，你下來找過我？」白鳳十分錯愕，而我也很錯愕，如果不是雪林給人的感覺不像在說謊，我會認為這是單純安撫人的謊言。

白鳳的記憶我是看過的，在那片白茫茫的等待裡，一次也沒有雪林的影子，但他現在卻說他有下來找過？兩雙帶著同樣質疑的眼神盯了過去，這讓雪林看起來更尷尬，那侷促不安的樣子倒是有幾分像阿祥。

「我真的下來過，就是那場地震後……」他難過的說，像是回憶起當時的情景，「那場天崩地裂，我很擔心，就請命跑了下來，可怎麼也找不到你……」

他心急如焚，不死心的在雪山那邊不停的找，而最後，他找到了一個小白狐的墳包。玉珮對白狐身上的血有反應，當時的他已經是心力交瘁，見到玉珮的反應又見到白狐的屍身，只覺得什麼都無法思考，默默地將那狐狸的屍身移了個地方後，他將玉珮解下與之合葬。

至於之後那玉珮到底怎麼落入老頭手裡的……這個他真不知道，因為在將玉珮下葬後他就傷心的回了天，可以說他完全不知道白鳳說的那是誰。

聽完這段，我無語了，沒意外的話那小白狐就是白鳳不惜以血相哺，最後卻沒能救成的那隻，這真是個……很好很強大的誤會，聽得我這個非當事人都快要無語哽咽了，也是在這個時候，我才真的有了「雪林是阿祥前世」的真實感。

這種關鍵時刻掉鏈子，隨時隨地不靠譜的性子簡直像到骨髓裡了！不，根本是直接刻在靈魂上了啊！

那樣多的苦痛與折磨，追溯源頭居然只是因為一個二貨的「眼殘」?!

白鳳的臉直接黑掉，那模樣比剛才魔氣上冒還恐怖。

「……你居然沒能認出那具屍體不是我？」眼睛長天上去了嗎！

「我那時候太難過了……」雪林弱弱的說，小心的看著白鳳，「所以……到底是怎麼了？你怎麼入的魔？當年我就想問，可那時的你根本沒辦法談。」

他問得很謹慎，語氣柔軟，但這話一出，我跟白鳳都沉默了，也不知道是哪來的默契，我跟白鳳在這個瞬間對上了眼，視線相交，我清楚地看到她眼中有著瑩瑩水光，而在水霧後，我讀到了跟我心裡所想的一樣的答案。

——別告訴他。那樣的事情，說出來也不知道要增添誰的傷，所以算了吧。

再說，她只要一想到那個老頭心情就會變得很差，何必為了說出一段讓別人不痛快的事情而搞得自己也不痛快？這種兩邊都沒甜頭的買賣她才不幹。

「白鳳？」雪林小心翼翼的呼喚著，就在我以為白鳳會在這聲呼喚下來個淚水潰堤時，卻見她眼眸一眨，那些水霧就像從來不曾存在過般消失無蹤，而後她笑了。

「原來你沒騙我，原來我沒白等，」她嘆息道，整個人有種褪去了什麼的輕鬆感，臉上揚起了絕美的笑，「這樣真好，真的很好……」

猶如囈語般的呢喃，唯美的笑臉，兩人交握著的手，一切看起來都是那麼美好，只是就在我覺得這件事情就此畫下完美句點的時候，異變突生！

白鳳的身體突然散出了大股的黑氣，就像是從她體內「蒸發」出去的一樣，不停地往外散溢後消失，隨著這份消失，她原先豐滿有緻的身體以肉眼可見的速度乾癟下去！

「白鳳！」第一時間接住倒下的她，雪林緊張的叫了起來，我也被嚇到了。

「她怎麼了？為什麼會這樣？」我慌張的跑了過去，情急之下把青燈從打火機搖了出來，「青燈，妳看，這是怎麼回事？」

被喚出來的青燈臉色有些蒼白，她有些不忍的看著白鳳的模樣，搖頭，『魔者，因應執念而生，也將隨執念而亡……令她成魔的那份執著已經不在了，那麼身為魔的她自然也就……』

居然……居然是這樣嗎？

她明知會有這樣的後果，卻還是想著要一個答案？

我被這個認知震懾在原地，青燈也是默然低頭不語，雪林則是蹲跪在地上緊緊抱著白鳳，語調滿是痛心，「早讓你淨化的，都幹什麼去了？把自己弄成現在這模樣，好玩嗎？」

「還不都……你害的……還敢說……」白鳳全身不受控制地顫抖著，那是一種脫力到了極致後的虛抖，而到了這個分上，她還是笑著，只是那乾枯的笑容讓人看得慌。

「撐過去！」雪林的手在發抖，他拉著白鳳握有玉珮的手，將其按在她乾癟癟的胸脯上，「不破不立，破而後立，你可以的！」

聽到雪林這樣喊，我迅速轉頭看向青燈，看見她像是被點醒了什麼般的明悟。

『是了，奴家方才想岔了，若是純粹的魔，自然是會消逝的，但白鳳大人已經得過淨化，雖不完全，但若能守住去魔之後的道，或是直接將這次消逝看做一次淨化的話……』越說，青燈的目光越明亮，『沒準，真能重活一次！』

青燈的話聽著很有希望，可當我看到白鳳的情況後，我就覺得果然凡事都不能想得太樂觀。她現在都縮到快成木乃伊了，衣服鬆垮垮地掛在身上，很顯然是得到淨化的部分太少，這樣下去可能連人形都維持不了。

這念頭才剛閃過而已，我就看到白鳳的人形整個散掉，取而代之的是一隻乾癟的狐狸，她快山窮水盡了！

「幫我！」看見白鳳變成了狐狸的模樣，雪林大駭，轉頭急切的看著我，「拜託你，幫我留住牠！」

啊？

「我?!」我錯愕的指著自己，然後得到對方急切的點頭。

「這個身體沒有修行過，沒有辦法引動力量，但你可以！還有你身邊的那位……

病急亂投醫了。

請幫幫我！」他的拜託十分懇切，眼底滿是焦急，這種情況下我也顧不得對方是不是

「怎麼幫？」我二話不說的上前，讓我有些意外的是青燈幾乎是立刻就跟了上來，這讓我很高興。雖說她對白鳳是有所改觀過，但妖者對魔道的厭惡是根深蒂固的，她能這樣毫不猶豫的跟上來，真的讓我很驚訝。

『奴家也想盡一份力，』她目光清澈的看著我，接著又看向雪林，『不是以青燈的身分，而是作為一名燈妖伸出援手。』

她說，緊接著我的衣櫃突然自動打開了，上頭的穿衣鏡放出了光華，然後有數不清的紙張從裡頭衝飛出來，配合著鏡子打出的光在空中排列出一個奇妙的陣型，在那陣式結成的瞬間，本來已經開始從肢體末端沙化的狐狸停下了牠的潰散。

『小生只會這個，再多沒有了……』紙妖有些羞赧的寫道，背後還附註了這是娃娃教的。

『娃娃這麼多年什麼也沒學好，就陣法還可以，這個可以鎖住陣裡的東西不讓它出來，』娃娃一手攀著穿衣鏡的鏡框，從裡頭探了個腦袋出來，『房間的結界也重新下好了……可有幫到安慈公？』

「有！幫大忙了！」簡直是及時雨啊！蹲下身子，我看著已經激動到開始語無倫次道起謝來的雪林，一個爆栗敲醒了他，「要謝之後再謝，現在要我做什麼？」

「把玉珮裡的仙氣引導進去。」他臉色一正，說出了讓其餘在場的人和妖都覺得

很亂來的方案。

「引進去？」我糾結的看著那隻狐狸木乃伊，這引進去不會直接爆體吧？

『奴家以為，似乎有些不妥？』青燈那向來平靜的面容也起了漣漪。

紙妖：『+1。』紙面有點皺掉。

『娃娃不是很懂，但看起來好像不大好……』

清一色的不支持不鼓勵，這讓我為難的看著雪林，「你確定牠撐得住？」

「我相信牠不會丟下我。」

……什麼牛頭不對馬嘴的回答？難不成這是什麼變相的深情告白？

對於雪林給出的不算理由的理由感到一陣無語，好吧，典型的阿祥風格，眼下還真的只能死馬當活馬醫了，於是接下來我很認真的看著青燈開始引導起玉珮裡的仙氣，一邊感受著裡頭的力量流動，一邊聽著雪林的解說。

「任何力量，都是各自選擇的『道』的呈現，力量只是力量，本源都是相同的，不同的僅在於呈現方式的差別而已。」他悄聲對我說，小心地不去影響青燈的專注，「將自己的『道』化整為零，以最初始的方式去接觸去牽引，讓對方能順應你的意念而行，引導就成功了。」

聽起來有點玄乎，我似懂非懂的點頭，看著青燈的指間先是冒出了火焰，火焰化作螢光點點，然後就從玉珮裡拉出了一串類似的光點，最後將那些光點送進白鳳體內。她很小心，一次只送一丁點進去，但這樣的操控似乎十分耗神，只是幾個來回她就滿頭大汗了。

看了幾輪後，我也開始實地操作。剛開始真的很困難，本來以為憑著我心中那點火，能拉幾個來回就了不起了，但讓人意外的是，雖然艱難，我卻有種自己能撐下去的感覺，就好像火焰生出了更多的火焰，儘管速度緩慢，卻不至於無以為繼。

這是怎麼回事？怎麼莫名其妙能力就漲了這麼多？之前練符練得要死要活的才增加了那麼一丁點，現在卻儼然有種生生不息的勢頭。

難道，是藤壺酒的關係？

一邊控著火焰，我一邊震驚的想起了當時那濃烈的酒香，還有彷彿被喚醒了什麼的自己，藤壺之酒醒萬物，也就是說……這個萬物也包括了妖者血緣？

這會不會太強大？居然能把沉睡在血脈中的力量給叫醒，難怪藤壺君要隱居！難怪這酒會引麻煩！根本是匹夫無罪，懷璧其罪嘛！

我震驚的想著，抖著手更努力做導引的動作，我現在才知道藤壺君把酒給我是冒了多大的風險，這讓我想讓這件事圓滿落幕的心思更加強烈；只是，眼前的情況實在不怎麼樂觀，如果到了我跟青燈的火焰消耗殆盡而新生火焰又來不及補充的那時，白鳳還是這個樣子的話，那可就真的玩完了。

情況有些膠著，而就在這時，也不知道出自什麼原因，後來回想起來我也覺得這個舉動有些太大膽了，總之，我鬼使神差的直接在玉珮跟狐狸之間用心火「畫」出了一座橋，然後，生命的天秤很快就傾向了白鳳這一邊。

橋，這是我突如其來的想法，源頭是我對藤壺君說的那句話，只是這座橋現在要連結的不是人與妖，而是純粹的力量。青燈在看見那個橋之後若有所思，想了一下後，跟著將自己的火也渡了過來，將「橋」進行了加固，流動加快了。

這就像一個紐帶，你不必一個個親自上前引領，而是給他們一個方向一個引：起個開頭，剩下的讓他們自己走，就好比是「青燈」，就好比是……

……我那朦朧的，還沒有個定案的想法。

在看著玉珮裡的仙氣緩緩地從橋上流進白鳳體內時，我有一時的恍惚，雪林說，力量只是力量，不同的只是「道」的呈現，那麼人與妖與仙……甚至是魔與那些尚未可知的存在，是不是也是類似的呢？

無論外貌如何能力如何、生於何處死於何地，其實最原始的心都是一樣的，也許，我想成為的「橋」該傳遞的就是這些，那存在於每個是人、非人之中的……「心」？

我怔怔地想著，腦子有片刻是放空的，在放空的同時卻也在飛快地運轉，在我自己都不知道的情況下，體內那被藤壺酒喚醒的妖血漸漸發熱，讓我整個人呈現出一種不正常的潮紅。那道被我用心火畫出來的橋像是接收到了什麼信號似的灼灼燃燒起來，白鳳的身體不再乾癟，只是本來跟狼犬差不多大的牠直接縮成了吉娃娃的尺寸，還是小體型的那種。

這種縮水程度把我從放空當中嚇醒，有那麼一瞬間，我真的以為白鳳會直接一路縮到沒了，幸好在最後停了下來。而且本來已經灰敗散落的毛髮也重新長了出來，新生的毛皮白茸茸的，配著那玲瓏嬌小的身子，意外的很有萌感。

我有種不太真實的感覺，甚至有點心虛，本來以為會很困難的事——實際上在剛開始進行的時候也的確非常困難——怎麼會在我放空一陣後就突然完成了？我甚至不太清楚放空的那段時間自己都做了些什麼，只知道現在自己渾身發軟、發熱，就像燒過頭的燈芯一樣。

成了？

「謝謝你們，」抱著閉目沉睡的白狐，雪林的眼神有著放鬆與溫柔，還有滿腔的感動，「白鳳不太會說心裡話，我這邊就先替牠道謝了。」

看著他用阿祥的臉做出這樣的表情，我只覺得顏面有些抽搐，「沒什麼，這次的事情也讓我想了很多……」說到這，我回想了從遇到白鳳之後開始的一連串事情跟體悟，忍不住慎重起來，「嗯，真的是獲益良多，該說謝謝的是我才對。」

『安慈公方才，似乎領悟了什麼。』青燈攏著煙袖飄在一旁，精神看起來還不錯。

「好像摸到了一點，但要用言語說出來的話……」我撐著有些發軟的手撓撓頭，覺得有些詞窮，「我也不會說……」

「我知道，」雪林說，抱著白狐站起身走到一旁拉開椅子，看上去有些疲累似的坐了下來，將白狐放在自己大腿上輕輕撫摸著那柔順的白毛，「雖然時間很短，但是你確實觸摸到了大道的邊角。」

「……大道？」那是什麼？

「是大同之道。」

「大……同?」我訥訥地重複,打死都不敢說自己第一時間想到的東西根本不是什麼大道,而是電鍋。

「嗯,是很多人都在努力,卻總是達不到的理想境界,你也想投入此道之中嗎?」他笑著問道,整個人散發出一種掩不住的疲憊,這讓我有些緊張,也管不上什麼大同不大同了。

「你還好吧?」

「還好,只是解開了這一切,心情放鬆下來之後,就覺得好睏……」

睏?!

等等!「你再撐一下!至少、至少等白鳳醒來……」雖然我的確一直想著讓阿祥快點回來,可真到了這時候,我卻覺得讓雪林再待一陣也好,因為,「牠真的等了你很久!好不容易解開了心結,至少再跟牠說點話……」

雪林只是搖頭。

「我本來就不該在這個時候醒來,未來,還有機會的……」他眼眸半瞇的說,看著我,笑了,「這應當是我最後一世輪迴了,半妖的壽命向來比一般人類要長,也許我回天之後,還能再見到你。」

什麼?「這次就是最後了?」百世有這麼快?

「是啊,時間總是過得很快的,」他有些留戀的看著腿上的白狐,「所以,我們也許還能再見面，而我跟牠是一定會再見面的……請你幫我這麼告訴牠……」

「……好。」希望牠聽完之後不會撓我幾爪子。

「對了，我還不知道你的名字呢，」他的眼皮越來越沉，在說這句話的時候已經是閉著眼睛再說了，「這個身體的腦中有很多名字，但一時半刻對不上號……你是哪一位呢？」

「左安慈。」

「啊……念慈妹妹的哥哥？」

……阿祥那傢伙對念慈妹妹的印象到底有多深刻？「請忘了那個妹妹，那只是虛幻的泡影而已。」我有些咬牙切齒的說。

「這樣啊？真可惜……這個身體對那名字很有好感呢……」

不，我一點都不希望阿祥對念慈妹妹有好感，真的，「快忘了吧，我求你。」

「呵呵，避之唯恐不及啊？」

「那是必須的，」我怎麼有種自己被調戲的感覺，看著那昏昏欲睡的人，我突然湧上了惋惜的情緒，如果他跟阿祥不是像這樣子存在的話，也許我們能成為朋友呢，這樣的扼腕讓我忍不住開口調侃了幾句，「還是放下念慈妹妹吧，你已經有白鳳了，不能花心的。」

聞言，雪林挑挑眉，很努力的撐起眼皮，困惑不解的看著我，「你在說什麼呢？我跟白鳳怎麼了？」

「你們不是一對嗎?」雖然不太想承認，可單就外貌來看的話白鳳的確是很正的，如此極品的美女配阿祥這張臉真是浪費了。

聽到我這句話，雪林的表情變得很怪異。

「你是不是誤會了什麼?」

「啥誤會?」難道這兩個不是我想的那種關係?不會吧，白鳳那種拚命勁加上雪林一直到現在都還在繼續的真情流露，要說這兩個只是純友誼的話誰會信啊。

看到我一臉的不信，雪林面上更怪異了，他看了看我又看看腿上的白狐，最後張口慢慢說出了讓我在往後的日子裡一路糾結的話。

「白鳳是隻公狐狸。」

「啊?」

好吧，我想，這世界上還是有純友誼的……

青燈・尾聲

事情果然不能只看表面。

在雪林重新「沉睡」之後，我臉色不是很好的瞪著那隻白狐，明明就是公的，為什麼要用那種波濤洶湧的美女姿態出現啊？關於這點，我在守著白狐醒來傳達了雪林的話之後，非常認真的問了。

對此，狐狸一邊用鼻孔看我一邊回答，言詞裡充滿了鄙視。

『狐者擅於修習千面，而且要用什麼面貌於外界行走那是各自的自由吧，與其質問本座為何以女相出現，怎麼不先問問自己為何這麼膚淺的覺得看到什麼就是什麼了？』牠很不客氣的說，一臉的唾棄。

『還有，現在的半妖就這麼沒素質？本座都已名為白鳳，居然還不知道本座的性別？這常識簡直低落到讓本座無法直視了啊。』

……為什麼我要被一隻狐裡這般奚落？

而這時候更打擊人的來了，紙妖很不會看氣氛的飄了過來，大刺刺的將寫著「鳳凰鳳凰，自古鳳為雄凰為雌，這是流傳了千古的……」的紙面擺到我眼前，我沒把那串字看完，直接惱羞成怒的把紙妖給巴飛了。

才不想被紙妖說教呢！

『安慈公真沒文化……』紙妖委屈的隔了一大段距離使用大字報模式。

囉嗦。

我鐵青著臉瞪著它，把剛才在等待白鳳清醒的這段期間掃起來的瓶子碎片，用報紙包好。說起來對藤壺君真是不好意思，他好意給的東西，在我手上還沒過一天就全給摔了，藤壺酒就算了，但那裝著提神香液的瓶子摔碎了我真的很心疼啊！那可是熬夜神器！

剛才擦地板的時候還一陣肉痛，我當時怎麼就腦抽了直接摔碎它呢？跑過去讓他們兩聞一下不就成了嗎？真是失策！

至於阿祥……我有些擔心的看著坐在椅子上睡死的他。

「他怎麼還沒醒？」不會有問題吧？

『他只是精神太過疲累，睡一覺就沒事了，』白鳳縮小之後聲音變得有些奶聲奶氣，讓我聽著很不習慣，尤其是聽牠用這種聲音自稱本座的時候，感覺很有小孩子裝大人的滑稽感，說完這段話後，牠有些不捨的從阿祥腿上跳下來，『好了，本座要離開了。』

我一愣，「你要去哪？」

『為什麼要告訴你？』牠輕盈一跳飛越到上鋪，居高臨下的看著我，『本座的事輪不到你操心，你還是多想想怎麼提升自己吧，本座也要繼續去修行了。』牠現在幾乎是回到了最初的狀態，重頭修起也不知道要花費多久才能修回過去的水平。

我有些擔心的看著牠，這目光讓白鳳十分不爽。

『不准用那種眼光看本座，告訴你，哪怕本座退化成了一根毛，那也比你小子要強得多！』

……所以我在你眼裡的能耐就只有一根毛的程度？

『雪林的這一世……總之多看著他點，這百世輪迴裡，他大概是一直都很短命……』不然牠也不會找了這麼久，就是因為每次快要找到人的時候，人又去投胎了。

「短命？為什麼？難道是什麼歷練嗎？」天將降大任於斯人也之類的。

『才不是，』白狐撇撇嘴，『只是個性使然。』

我一秒懂了。

這個太容易相信人的二貨啊，大概被賣了都還在幫人數鈔票吧……「我會多注意的。」

聽見我這認真的保證，白鳳本來要從窗戶跳走的動作頓了頓，用充滿挑剔的眼神把我從頭到尾看了個遍後，嘆氣，『還是算了，剛才的話你當作沒聽過吧。』說完，嬌小的白色毛團飛快地跳了出去。

我：「……」

為什麼會有種被嫌棄的感覺？是錯覺嗎？肯定是錯覺吧？

有些疲憊的坐到椅子上，我將右手高高地舉起，五指張開，從那大開的指縫看著天花板，白鳳的事情到這裡就算是結束了吧？不知道紗帽女那邊會是怎樣的反應，就結果來看，我覺得自己這次做得還是挺不錯的，既沒耽誤到正常的引渡工作——下一把火還沒來——也沒波及到其他妖者……呃，如果不要把鏡妖、紙妖跟藤壺君給算進去的話，確實是沒有波及到……

「娃娃，紙妖……這次真是多謝你們了，明明跟你們沒有關係的。」我把右手放了下來，蓋在眼睛上。

『能幫上忙是娃娃的榮幸，』小鏡妖在穿衣鏡裡甜甜地笑著，『如果非要道謝的話，安慈公，娃娃想要一面可愛的鏡子！』

「好，明天就給妳買。」這個可以有。

『小生想要更多的搭波A！』

「……浪費是要不得的，要愛護地球懂不懂？我去找回收紙給你。」這個不能慣！

然後紙妖一邊灑寫著偏心的碎紙花一邊鑽去鏡世界求安慰了。真是幼稚，都多大年紀了，心理年齡就不能稍微提升點嗎？拿下蓋在眼上的手，我看著在鏡世界裡開開心心灑著碎花的紙妖半晌後，我就把剛才想的推翻了。

其實，幼稚也沒什麼不好，至少它可以像現在這樣，一直都很快樂。

「青燈，」我看著一旁飄著的青燈，「妳覺得，我這樣合格了嗎？」

『奴家以為，安慈公已經做到了最好，』她淡淡地笑道，最近她臉上的笑容越來越多了，『想來前輩也會接受的，安慈公毋須過慮。』

「嗯……」我轉過椅子看著睡得一臉安穩的阿祥，腦中閃過的是從接下燈杖以來遇到的妖者們，紙妖、洛神花仙、娃娃、鬼眼蜈蚣、紗帽女、白鳳、藤壺君……還有牧花者，不過他應該不屬於妖者的範疇，想到他，心底又是一陣感謝。

雖然這次沒有發生必須抓著人落跑到彼岸的狀況，但事情完結了，衝著牧花者給出的承諾，去道謝是應該的，也順便讓他知道事情最後的結果，省得讓人擔心。

不過……我摸了摸還在發疼的臉，瘀青還沒消，等臉上的傷好全了再去吧，這次我一定要把自己打理得人模人樣之後再去見人，多少挽救一下我所剩無幾的形象。

還有就是——

「青燈啊，」我攢緊了拳，目不斜視的看著地面，「妳覺得，一個人與妖能和平共存的世界，有可能嗎？」話音方落，我感覺到房間裡一片寂靜，身上傳來一種被注目的感覺。

『安慈公……何出此言？』良久，青燈才像是終於意識到我剛才在說什麼一般的開口，聲音有些遲疑，『吾輩一直以來，都與人子們共存於這天地間的……』

「但算不上和平，不是嗎？所謂的共存不是這樣的，就如同我跟妳說過的『朋友』一樣，真正的共存，不該存在有單方面的忍受，或是一味的退讓。」

『現在的奴家大約能明白安慈公的意思，但是……』青燈皺了皺眉，『雙方存在著太多的不同。』

「我知道，」妖者的價值觀跟人類的價值觀有不少都是天差地遠，很多習慣也都不一樣，「如果兩邊能多一些理解跟包容……我、我想試著朝這方面去努力，就像今天我們畫出的那座橋一樣，如果人與妖之間也有那麼一座『橋』，能夠引導雙方去理解的話……」

總有一天、總有一天會實現的吧？

『聽起來是件很艱難的事情呢。』青燈有些懵懂的看著我，『就如同奴家藉著安慈公的幫助逐漸理解人子一般，安慈公想讓其他妖者們也同奴家這樣，一步步的了解人子嗎？』

「不只如此，我也希望人們能多知道妖者們的事，妖者的許多事都是值得學習、值得敬佩的，我希望妖者可以在這個世界上活得更自由，能真正的與人們『共存』……」想讓妖者們能自由的出現在人前，而不是只能偷偷摸摸的躲著活動，想讓人們覺得妖者也只是很普通的存在，他們就跟自己生活在一起，沒什麼奇怪也一點都不可怕。

「……呵呵，聽起來是不是有些好高騖遠了？我好像想得太過理想化了……」

『不會，奴家覺得，這是很了不起的道。』

『娃娃不是很懂，但這是不是就像爺爺說過的，人類因夢想而偉大？娃娃覺得現在的安慈公好像就有點偉大的感覺呢。』

青燈和鏡妖紛紛發表意見。紙妖沒發表意見，不過它很歡快的灑了我滿頭臉的碎紙花，看著那些碎紙屑，我攤開手，覺得上頭乘載了過去沒有的重量。

爺爺。我微笑著在心裡低喃。

小慈拉起了好重的一張網，現在還不知道能拉到什麼程度，但哪怕我拉不動了，我也不會放手的。

因為這是我好不容易確立的「道」。

大同嗎？我想起了雪林說過的話。

「路果然很長呢。」

於是青火將繼續燃燒

燈燃不熄

《青燈》全文完

青燈・番外之一
〈後來……〉

在那之後，我總算是回到了正常的生活軌道，不過，這個軌道僅僅維持不到三天就宣告徹底脫軌，原因無他，只因為阿祥那傢伙腦子又被門板夾了。

他居然想在宿舍裡養寵物！

「拜託你！安慈！只要你幫忙瞞著，你不說我不說的，沒人會知道的！」阿祥雙手合十，一臉懇切的看著我，眼底是滿滿的希冀，「就幫我這一回吧？救人一命勝造七層浮屠啊！」

「宿舍規定就是不行啊，你拜託我有什麼用？」我頭痛的試圖跟阿祥講道理，「要是被宿舍樓長發現了，被趕出去怎麼辦？」

「所以啦，只要你一起瞞著那就沒問題啦？放心，我看過的，那個真的很乖巧，不會鬧事的……安慈，你名字裡有個慈，就發發慈悲嘛，啊？」

這跟我名字裡有什麼字沒有關係。

我很堅持自己的防線，但無奈阿祥的臉皮厚度賽過牆，哪怕把爺爺搬出來都有一拚之力，在各種抗爭威嚇都無效之後，我只能跟他約法三章。

「既然你要養，那你就得負責到底，哪怕我們到時候被宿舍樓長轟出去了，你也得帶著牠找房子租！絕對不准拋棄！」

「那是自然！牠在我在！有我一口飯吃就不會少牠的！」拍胸脯保證。

「寵物的衛生清潔洗澡梳毛早晨慢跑晚間散步什麼的，別指望我會幫你。」

「沒問題！身為主人，這種建立情誼的互動自然是當仁不讓！就算你想做我也不會放手的！」他說，頗有我要跟他搶差事的話就要跟我拚命的架勢。

「預防針疫苗生病看醫生登記植晶片……」

「我會搞定的！家裡一直都有給我寵物基金，從小到大累積了好久呢，現在剛好拿來用！」

……你那到底什麼家庭啊?!寵物基金？還從小到大？我再次對阿祥的父母表達了深切的好奇。

之後又列了幾條規定比方說要訓練好不可以亂叫，不可以爬我的床，不准亂咬人，破壞了什麼東西要算到主人頭上……等等，眼看這些條款都沒辦法讓阿祥退卻半步，這下我也開始好奇了，到底什麼寵物能讓阿祥這麼熱情啊？

「就先這樣吧……你這麼堅持，我幫你瞞著就是了……」我全面潰敗了，「你什麼時候把牠帶來？」

「今天晚上！我告訴你，牠可漂亮了，我一看到牠就有種命中注定的感覺，嗯，就像是失散多年的好兄弟！」阿祥樂呵呵地笑著，看著那臉傻笑，我也只能服了他了。

這張臉，果然最適合傻笑了。

我這麼想著，然後在晚上看見阿祥帶回來的「寵物」時，我突然猛烈的感到一陣頭暈目眩氣不順，同時併發了創傷後壓力症候群，全身上下都不好了。

「安慈你看，這隻白狐狸犬很美對吧？牠很聰明的喔，你說什麼牠都知道的！」

阿祥很寶貝的抱著一團白色的毛茸茸，炫耀似的說，完全沒有發現我現在的臉色有多鐵青多難看……還有多想逃難……

什麼狐狸犬啊……那是真的狐狸好不好！

我簡直要仰天長嘯了。

你為什麼會在這裡？我糾結的看著一臉乖巧的縮在阿祥懷裡裝寵物的白鳳，開始後悔今天為什麼沒有繼續堅持下去，為什麼就這樣答應讓阿祥養寵物了呢？

『因為本座想了又想，覺得還是自己親自過來看著比較安心。』白鳳的聲音直接在我腦中響起，還是那奶聲奶氣的聲音，聽得我臉上不住抽搐。

我有這麼不可靠嗎？

『本座比較相信自己。』

……

………

「這也太打擊人……」我小聲的嘀咕著。

「安慈？你自己一個人嘰哩咕嚕的在說什麼啊？看這邊！小白在跟你打招呼呢。」他很腦殘的捉起白狐的一隻前爪上下搖晃，配合著狐狸的臭臉，這畫面看上去實在很愚蠢，但最讓我注意的不是這個，而是那明顯更加腦殘的稱呼。

「小白？」我不是很確定的重複了這疑似是名字的詞，有點不敢看白鳳那差不多可以殺人的眼神。

「對啊，你看牠，白得這麼漂亮這麼美，不叫小白要叫什麼？」阿祥帶著炫耀的說，完全沒有發現懷中狐狸的不悅，一張臉在上頭蹭啊蹭的，「啊啊果然很柔軟！小白啊～以後就跟著我吧！這裡就是你的家，不會讓你繼續流浪了喔～」

這話一出，本來已經要抬爪把阿祥的臉扒開的白狐愣住了，遙遠的回憶浮上心頭。

白鳳，以後就跟著我吧？

我這裡就是你的家，不必再流浪下去了。

不同的時空，不太一樣的人，卻說著一樣的話。

狐狸的爪子放了下來，一臉認命的讓阿祥繼續在牠自傲的毛皮上蹭來蹭去，我沒能察覺到白鳳在那一瞬間究竟閃過了多少情緒，只是好笑的看著牠被阿祥吃得死死的樣子，嘿，果然是一物剋一物啊。

「小白……」我的嘴角不住上揚，哈哈，這爛大街的名字套在白鳳身上還真是極具喜感啊！可就在我還想多喊幾次占點口頭便宜的時候，白鳳那雙充滿警告意味的狐眼瞇著看了過來。

『這貨就算了，你要再敢這麼叫，小心本座滅了你。』

「……」

這一瞬間，我有種莫名的預感。

這個預感告訴我一個很可怕的事實，那就是我的大學生涯，似乎又要變得更加慘澹了。

番外之一〈後來……〉完

青燈・番外之二
〈極短篇・彼岸花開〉

在日復一日的彈奏中，他再一次迎來了昔日友人的孫兒，他聽著他述說起尋找藤壺酒的過程，說著友人的空間跨道技術是如何如何的差勁，說著那個魔、那個仙，最後，他說起了他終於確立了的道。

在那個瞬間，他差點要以為是友人回來了。

「你真的跟左墨很像，」他嘆息著說，面具下的目光飽含著溫柔的笑意，「你所說的，也是左墨的道，當年的他，也同孤說了類似的話。」

「爺爺也……？」

「是的，左墨也一心期盼著那樣的世界，」他低頭隨手撥動了幾根弦，清澈的琴音輕響，「放手去做吧，孤會一直看著的，左墨的孫兒……不，左安慈。」

這是他第一次這麼稱呼他。

不再是友人的孫兒，而是左安慈。

番外之二〈極短篇・彼岸花開〉完

後記

感謝拿起這本書，並且一路看到這裡的你，《青燈》在這裡要先暫時告一段落了，還有很多東西沒能寫出來，尤其是爺爺跟牧花者甚至還有藤壺君的部分，這裡……也許讓我們期待一下還不知道有沒有的外傳XD？

以安慈為主的故事線大約就是先到這邊了，當然他之後還是會努力的渡妖，然後苦命的到處奔走，為了他在最後悟出的道以及下定決心去執行的願望。

『總有一天，人與妖合平共處的世界一定會到來的。』

他這麼希望著，而這也是爺爺的希望，這樣的理想沒有隨著爺爺歸去彼岸後消失，而是被安慈傳承了下來，如果爺爺知道的話，應該會覺得很開心吧。

角色們都在成長，雖然暫時只能呈現到這邊，但故事只要還有人記得它那麼就不會結束，這些角色將會活在各位的心中。

再次感謝支持這部作品的你，讓我們下次再見！

日京川

輕世代
FW095

鹿鳴高中的夏季園遊會即將來臨！
但我正體驗忙碌又熱鬧的園遊會時，麻煩就接踵而來—

沈霽呼吸急促地發問：「……妳願意、跟我，跳舞嗎？」
壽麻則奸詐地下了命令：「妳得跟我跳第二支舞。」

媽呀！這什麼二選一的窘境，同學！你們可想過有過敏症的我該怎麼辦嗎……

P.S.相愛相殺的離姬爸媽番外篇——感人的最終回登場！

輕世代
FW057
人死之後留魂，當一抹亡魂對人世間仍存著極深的羈絆，
忘記輪迴的亡魂將變成惡靈，消滅並引渡這些墮落的惡靈，
就是引渡人的工作──
當輕浮的前執牌引渡人白優聿，
遇上了脾氣高傲的見習生望月，
這不合拍的雙人組被強制組成了新的搭檔！
此時，引渡人總部卻遭受不明的攻擊，眾人想起當年的預言：
──持有雙十字聖痕的人終將以背叛光明者的身分甦醒……
在不斷來襲的敵人之前，
關係惡劣的兩人，是否能互信互助，
聯手禦敵為引渡人得來最終的勝利?!
最惡拍檔
全五冊
秋十著
流翼繪
三日月書版

高寶書版集團
gobooks.com.tw

輕世代 FW094
青燈05藤壺之酒 完

作　者 日京川
繪　者 kiDChan
編　輯 許佳文
校　對 謝夢慈
美術編輯 陸聖欣
排　版 彭立瑋
出　版 英屬維京群島商高寶國際有限公司臺灣分公司
Global Group Holdings, Ltd.
地　址 臺北市內湖區洲子街88號3樓
網　址 gobooks.com.tw
電　話 (02) 27992788
電　郵 readers@gobooks.com.tw（讀者服務部）
pr@gobooks.com.tw（公關諮詢部）
傳　真 出版部 (02) 27990909 行銷部 (02) 27993088
郵政劃撥 19394552
戶　名 英屬維京群島商高寶國際有限公司臺灣分公司
發　行 希代多媒體書版股份有限公司/Printed in Taiwan
初版日期 2014年7月

國家圖書館出版品預行編目(CIP)資料

青燈. 5, 藤壺之酒 / 日京川著. -- 初版.
-- 臺北市：高寶國際, 2014.07-
面；　公分. -- (輕世代；FW094)

ISBN 978-986-361-027-4(平裝)

857.7　　　　103010275

三日月

三日月